UNE NUIT DE SÉDUCTION

LE CLUB DES DUCS FRINGANTS #1

ERICA RIDLEY

Titre original: Wicked Dukes Club #1: One Night for Seduction

Version numérique publiée pour la première fois par WebMotion Inc

REMERCIEMENTS

Comme toujours, je n'aurais pas pu écrire ce livre sans le soutien inestimable de mon éditeur et de mes relecteurs. Un énorme merci à Erica Monroe et Darcy Burke pour leurs encouragements et leurs conseils. Vous êtes les meilleures !

Je veux aussi vous remercier, vous les amoureux de la romance ! C'est grâce à votre enthousiasme que les romances prennent vie ! Merci beaucoup !

CHAPITRE 1

22 janvier 1817
Londres, Angleterre

L'après-midi où Caleb Sutton, cinquième duc de Colehaven, entra dans une taverne familière au cœur du quartier de Haymarket, il ne se doutait pas que son monde était sur le point d'être bouleversé... une fois de plus.

— Colehaven ! s'exclamèrent à l'unisson les clients hauts en couleur du pub en brandissant joyeusement leurs chopes.

Le duc battit des cils pour en faire tomber des flocons de neige égarés et leur rendit leur sourire enjoué. Quelle que soit la rigueur du vent d'hiver, dans la taverne *Le Duc Fringant* tout était parfait. Des conversations animées, de la bière, des visages amicaux et son fauteuil en cuir usé préféré attendaient Cole.

Immédiatement, il retira son manteau et son chapeau.

— Dix ans, dit-il en prenant sa place habituelle entre

deux de ses plus proches amis. Vous savez ce que cela signifie ?

— Que nous nous faisons vieux ? rétorqua Eastleigh, un sourcil arqué d'un air sardonique.

Valentin Fairfax, sixième duc d'Eastleigh, était non seulement le complice de Cole depuis ses premiers jours à Oxford, mais c'était en partie en son honneur qu'ils avaient acquis – et plus tard, leur taverne – le surnom de *ducs fringants*.

L'autre part de cette responsabilité revenait à Cole.

— Cela signifie, poursuivit-il en acceptant une chope de bière mousseuse, que cette saison marque le dixième anniversaire de la taverne *Le Duc Fringant*. Je dirais que c'est un motif de célébration, qu'en penses-tu ?

— J'en pense que c'est une excellente raison pour que Colehaven paye sa tournée ! lança une voix parmi la foule à côté du bar.

Une marée de verres scintilla dans l'air alors que tous les clients présents exprimaient leur approbation.

— Ma bourse laisse à désirer, protesta Cole, faisant mine de rouler de gros yeux. Les dépenses de ma sœur m'ont ruiné rien qu'en chapeaux. Avez-vous la moindre idée de ce qu'il en coûte pour habiller une jeune femme à la mode chaque saison ?

— Marie-la, suggéra Eastleigh.

— Si seulement c'était si facile, fit alors une voix de l'autre côté de la table, où leur ami Thaddeus Middleton les regardait piteusement. S'il existe une manœuvre secrète pour trouver un époux à une jeune femme impossible à marier, pour l'amour de Dieu, *dites-la-moi*.

La voix de Cole devint un murmure menaçant lorsqu'il répondit :

— As-tu sous-entendu que ma sœur était impossible à marier ?

— Felicity pourrait avoir trouvé un époux à la tombée de la nuit, et tu le sais bien, intervint Eastleigh. La pupille de Middleton est un cas particulier.

— Un cas très particulier, convint Thaddeus. C'est impossible. Vous avez de la chance, vous autres, de n'avoir à vous soucier que de vos petites réunions à la Chambre des Lords. Moi, j'ai une pupille indomptable à apprivoiser.

— Voilà ton problème, dit Cole en se redressant. Ta première erreur est de croire que n'*importe quelle* femme peut être apprivoisée. Si elle soupçonne tes intentions, autant abandonner complètement et t'épargner cet effort.

— Je ne sais pas, reprit Thaddeus avec doute. Après avoir servi six années épuisantes à la guerre, on pourrait croire qu'une jeune femme insolente serait le cadet de mes soucis.

— Les jeunes femmes sont bien plus difficiles à affronter que les soldats français, lui assura Eastleigh. Si nous avions envoyé au front une troupe de jeunes charmantes en lieu et place de l'armée royale, Napoléon aurait été vaincu depuis des années déjà.

Eastleigh était bien placé pour le savoir. Comme Cole, le duc avait une sœur.

— Je vais vous dire, reprit Cole en posant sa bière. Quand le Parlement ouvrira la semaine prochaine, je suggérerai exactement la même chose. Toutes les jeunes femmes trop exigeantes, qui chassent leurs prétendants les uns après les autres comme autant d'épingles à cheveux sans importance, seront équipées d'uniformes et de mousquets et envoyées au front pour former nos troupes.

— Ne le défie pas, interrompit Eastleigh avant que Thaddeus puisse répondre. Tu sais que Colehaven ne peut pas résister à un pari. C'est en partie pour cela que *Le Duc Fringant* existe aujourd'hui.

— J'ai gagné ce pari, en effet, souligna Cole. Nous célébrons ma dixième année de victoires successives.

— Nous célébrons le dixième anniversaire du *Duc Fringant*, rectifia son copropriétaire. De plus, je ne suis pas convaincu que la débâcle de Vauxhall eût été autre chose qu'un désastre.

— J'avais promis que je *jouerais* du basson sur la scène, lui rappela Cole avec fermeté. Jamais que j'aurais du talent pour cela.

— Je te défie, s'écria Thaddeus.

Cette exclamation spontanée fut accompagnée d'une intense rougeur sur ses joues.

Cole fronça le nez.

— Déjà fait.

— Crois-moi, commenta Eastleigh en feignant un frisson exagéré. Si tes oreilles avaient eu le malheur de l'entendre malmener ce pauvre basson devant la moitié de Londres, tu conviendrais qu'il vaut mieux éviter de raviver un tel souvenir.

— Pas *cela*.

Le regard sombre de Thaddeus se concentra sur Cole.

— Je te défie de marier ma pupille impossible.

— Quelle folie, railla Eastleigh. Si elle n'est pas apte au mariage, alors par définition, cela ne se peut pas.

Cependant, la peau de Cole frémissait déjà de son éternel enthousiasme si familier.

— Qu'est-ce qui la rend donc si impossible ? demanda-t-il.

Cela ne signifiait pas qu'il allait accepter le pari. Cela voulait dire, néanmoins, qu'il était... *intéressé.*

— Son âge, pour commencer, admit Thaddeus. Même si elle n'était pas une demoiselle résolue, la plupart des célibataires éligibles estimeraient qu'elle est dans la course depuis trop longtemps pour l'envisager.

Cole redressa sa colonne vertébrale. La pupille de Thad n'était donc pas une demoiselle timide, une demoiselle réticente ni même une demoiselle malgré elle, mais bien plutôt une demoiselle *résolue* à le rester ? Cette dame devenait de plus en plus intéressante.

— De combien d'années parlons-nous ?

Thaddeus soupira.

— J'ai bien peur qu'elle ait vingt-cinq printemps.

Vingt-cinq ? Cole cligna des paupières. Cette dame n'avait qu'un an de plus que la sœur cadette de Cole.

Sa sœur cadette *célibataire.* Une sœur tout à fait digne du mariage, qui ne manquerait pas de trouver chaussure à son pied.

Un jour.

— Vingt-cinq printemps, ce n'est pas une cause perdue, s'empressa-t-il de répondre. Après tout, qui voudrait d'une jeune candide à peine sortie de l'école ? Les filles de cet âge sont futiles et sottes, car elles n'ont pas encore assez vécu pour bâtir quoi que ce soit.

— Ah.

Eastleigh se caressait gravement le menton.

— Tout le monde sait que les demoiselles sont les plus expérimentées dans le fait même de tenter des expériences.

Cole poursuivit sans relever sa remarque :

— Il doit y avoir autre chose, une autre raison pour

laquelle ta pupille n'a pas trouvé de prétendant digne d'être épousé.

— La raison principale est que Diana n'a jamais *eu* de prétendants, répondit Thaddeus avec une grimace désappointée. Elle a toujours refusé la moindre attention.

Cole se renfrogna.

— Si elle ne souhaite pas se marier, alors à quoi compte-t-elle consacrer sa vie ?

— Elle aime... réparer les choses.

— Quoi, repriser des bas maillés ? souffla Eastleigh derrière sa chope de bière. Réparer une roue quand un écrou d'essieu desserré fait sauter l'enjoliveur du fiacre familial ?

— Pire, fit Thaddeus en soupirant. Diana répare les vies des autres, avec ou contre leur gré. Elle n'était pas sous mon toit depuis une nuit qu'elle avait complètement réagencé ma maison, depuis les registres jusqu'aux chevrons. Personnellement, cela ne me dérange pas de mettre un peu d'ordre dans mes comptes, mais quand elle a commencé à s'attaquer à la maison du voisin...

— Pas le voisin ! se récria Eastleigh sur un ton mélo-dramatique.

— ... et puis le voisin du voisin, et ainsi de suite, jusqu'à ce que je redoute une mutinerie générale. C'est alors que j'ai surpris Diana rédigeant un sérieux traité de dix pages pour aider Lady Jersey à mieux organiser son ménage et ses domestiques, et un autre à Almack, afin d'accroître l'efficacité et la qualité de...

Cette fois-ci, la réaction d'Eastleigh fut authentique. Il manqua s'étrangler avec sa bière.

— Aider Lady *Jersey* à mieux s'organiser ? Si ta pupille

avait envoyé cette lettre, elle ne serait plus qu'un tas de cendres et un souvenir aujourd'hui.

Le sang de Cole bouillonnait d'impatience.

— Un défi, pour sûr.

Eastleigh le fixa du regard.

— Ce n'est pas un *défi*. Cette femme est impossible à marier. Celui-ci, tu ne peux pas le gagner.

Cole darda sur Thaddeus un œil affûté.

— Quelles sont les conditions ?

— Cent livres, répondit-il sans sourciller. Non, deux cents. Si tu y parviens.

— Personne ne le peut, maugréa Eastleigh en secouant la tête. Lady *Jersey*. Ta pupille n'a donc aucun sens de la survie.

— Elle a beaucoup de bon sens, au contraire, déclara Thaddeus avec conviction. Trop de bon sens. Elle est incapable de regarder quelque chose sans voir une douzaine de façons de l'améliorer. Son cerveau ne connaît pas de répit.

— Pas étonnant que tu ne puisses pas la marier, murmura Eastleigh avec un frisson théâtral.

— Elle fera une formidable épouse pour un gentleman, s'enthousiasma Cole.

Eastleigh haussa un sourcil.

— Toi ?

— Seigneur, non !

Cole eut un mouvement de recul, saisi d'horreur. Il finirait bien par se marier – pour le titre et la descendance –, mais il était loin d'être prêt pour une telle démarche.

Contrairement à Eastleigh, Cole n'était pas né en espérant hériter un jour d'un duché. Il lui avait fallu des années de travail acharné pour apprendre ce que d'autres avaient eu la chance de découvrir paisiblement au cours des ans, et maintenant qu'il avait atteint le faîte de ses capacités, il se battait encore pour faire ses preuves parmi ses pairs. Il ne voulait pas être « acceptable », il voulait exceller, être considéré comme tout aussi compétent que n'importe quel autre représentant de sang bleu de la Chambre des Lords. Seulement alors songerait-il peut-être à prendre une épouse.

En attendant, il allait relever ce défi de la pupille prétendument impossible à marier, trop occupée à régenter la vie d'autrui pour s'occuper de son propre avenir. De toute façon, le Parlement ne siégerait pas avant une semaine de plus.

Quel meilleur moyen de passer le temps qu'en gagnant un pari entre amis ?

Il se tourna vers Thad.

— Je ne parlais pas des deux cents livres. Quelles sont les conditions, voulais-je dire ? Je gagne une fois qu'elle a reçu une proposition sérieuse de la part d'un prétendant, ou faut-il attendre la signature du contrat pour considérer l'acte comme fait ?

Thaddeus se pencha en avant.

— Tu crois pouvoir y arriver ?

— Je ne prends pas de pari si je n'en suis pas certain. N'oublie pas que j'ai dix années de victoires ininterrompues à mon actif.

— C'est la bière qui parle, déplora Eastleigh.

Cole repoussa sa chope en direction du duc.

— Je l'ai à peine touchée.

— Alors, c'est le manque de bière, rétorqua son ami en lui rendant son verre. Finis ta bière. Puis refuse tout net.

Perplexe, Thaddeus fronça les sourcils devant le discours d'Eastleigh.

— Tu ne penses pas qu'il a l'intention de le faire ?

— Colehaven est fougueux comme un chiot de trois semaines, mais honnête comme on en fait peu, répondit-il en soupirant. S'il relève un pari, c'est pour gagner ou mourir en essayant. Mais crois-moi, il ne faut jamais sous-estimer une femme.

Sourd à son avertissement, Thad se tourna vers Cole, les yeux pleins d'espoir.

— Les cloches de l'église. Les prétendants, c'est bien, un contrat signé, c'est mieux, mais ce n'est que lorsqu'elle deviendra légalement l'épouse de quelqu'un que le pari pourra être considéré comme gagné. Il doit y avoir une limite de temps, aussi. Disons... avant la fin de la saison.

Cole inclina la tête à cette requête. Entre sa sœur, son duché et ses fonctions à la Chambre des Lords, il n'aurait pas un instant de répit une fois la saison lancée. Il allait conclure ce pari en une semaine, puis se concentrer sur ses véritables responsabilités.

La pupille de Thad n'avait pas trouvé de mari parce qu'elle n'en cherchait pas. À quel point cela pouvait-il être difficile de lui en trouver un ?

— Pour que les choses restent justes, ajouta Thaddeus, il est interdit d'intervenir sur le résultat. Tu ne peux pas payer quelqu'un pour l'épouser, l'épouser toi-même ou prétendre je ne sais quel envoûtement pour t'en sortir. Diana doit épouser un homme qu'elle *souhaite* épouser et qui le souhaite en retour.

— Je ne manipulerai jamais de résultat avec des mensonges et je ne prétendrai pas être ce que je ne suis pas, déclara Cole avec fermeté. Si tu me prends pour ce genre de vaurien, autant ne pas parier du tout.

— Je ne voulais pas t'offenser, répondit Thad aussitôt. Diana n'est pas seulement ma pupille, mais aussi ma cousine. Je m'occupe d'elle comme ma sœur. Toi-même, tu as une sœur. Je te fais confiance non seulement pour gagner, mais également pour prendre soin du cœur de Diana.

Sur ce, Eastleigh leva sa bière.

— Derrière son imprudence et son arrogance, Colehaven est un romantique au cœur tendre. Si quelqu'un peut aider ta pupille à trouver l'amour, c'est bien un idéaliste comme lui.

— Cinq cents livres, renchérit Thaddeus avec enthousiasme. Si ce n'est pas assez, ton prix sera le mien.

Le cerveau de Cole avait déjà cinq coups d'avance.

— Où est ta pupille en ce moment ?

— À la maison.

Parfait. Le sang de Cole vibrait déjà d'excitation. Selon les conditions du pari, il ne pouvait pas faire preuve d'assiduité envers la jeune femme en public, mais un rapide détour par la Résidence Middleton n'éveillerait aucun soupçon. Quiconque apercevrait les armoiries de la famille sur son carrosse supposerait qu'il venait rendre visite à Thaddeus, et non à sa pupille.

Pupille qui, comme Cole en prit tardivement conscience, jouait si bien son rôle de demoiselle vertueuse qu'il ne savait même pas à quoi elle ressemblait. Il savait seulement que Thaddeus était devenu son tuteur un an ou deux auparavant, mais n'avait aucun souvenir de l'avoir rencontrée officiellement.

Jusqu'à présent.

Mieux vaut tard que jamais, et le moment était idéal pour faire sa connaissance, décréta Cole. Il allait se faire une idée de la personnalité de Diana Middleton, découvrir ce qu'elle attendait d'un mari, et il réglerait tous les détails le lendemain. Entre ses fréquentations au sein de la haute société et ses amis du *Duc Fringant*, Cole connaissait au bas mot la moitié de Londres, dont un grand nombre de beaux partis qui devraient convenir. Avec un peu de chance, il aurait remporté son pari avant la fin de la semaine.

— J'accepte tes conditions, annonça-t-il avant de se lever.

Sans laisser à l'un de ses amis l'occasion de jeter de l'huile sur le feu, Cole se précipita vers la porte.

Surpris, Eastleigh se leva d'un bond.

— Tu n'as pas fini ta bière !

— C'est ma taverne, lança Cole par-dessus son épaule en enfilant son grand manteau et ses gants. Je peux y boire quand je veux.

— Tu ne possèdes que la *moitié* de la taverne, jugea bon de lui rappeler Eastleigh alors que Cole s'apprêtait à partir.

CHAPITRE 2

L'air froid de l'hiver était tout aussi vivifiant, mais cette fois-ci, Cole remarqua à peine le vent qui agitait le bord de son chapeau, pas plus que les panaches de neige soulevés par les chevaux qui passaient. Il se hissa dans son fiacre et ordonna à son cochet de prendre la route de la Résidence Middleton, aux abords de Mayfair, une maison en terrasse parfaitement entretenue à moins d'un kilomètre de celle de Cole, à Grosvenor Square.

Un léger sourire aux lèvres, il gravit les marches pour atteindre le heurtoir en fer glacial. En dehors de la saison politique, ce qui manquait le plus à Cole, c'était l'impression de se rendre utile. Chaque moment à la Chambre des Lords était consacré aux bonnes œuvres, à l'amélioration de la vie de ses concitoyens.

Jouer les entremetteurs auprès d'une demoiselle n'était certes pas comparable à ses propositions juridiques auprès de la Banque d'Angleterre, sa contribution à la loi sur les douanes et les accises ou encore la loi sur l'hydro-mètre de Sykes, mais Cole considérait la recherche de l'amour et du bonheur comme une cause digne d'intérêt, au même titre qu'une autre.

D'ailleurs, il espérait que cet exercice auprès de la pupille de Middleton serait un bon entraînement pour le moment où il s'agirait du mariage de sa sœur. Elle avait beau l'exaspérer bien souvent, il tenait beaucoup à Felicity et il lui souhaitait de connaître un mariage d'amour dont les poètes parleraient encore pendant des siècles.

La porte s'ouvrit, révélant le visage rougeaud du majordome de la famille Middleton.

Ses yeux s'arrondirent lorsqu'il le reconnut :

— Votre Grâce.

Il n'était pas nécessaire de présenter une carte de visite. Cole et Thaddeus étaient de bons amis depuis que *Le Duc Fringant* avait ouvert ses portes, dix ans aupara-vant. Bien que la plupart de leurs rencontres aient lieu à la taverne, ils se rendaient parfois l'un chez l'autre. C'était toujours un plaisir.

— Comment allez-vous, Shaw ?

Cole savait que les ducs n'étaient pas censés saluer les serviteurs des autres maisons par leurs noms, mais il avait vécu plus de la moitié de sa vie sans penser hériter un jour d'un titre – encore moins d'un duché – et cette simple gentillesse était une habitude bien ancrée dont il n'avait pas l'intention de se défaire.

— Très bien, Votre Grâce, merci, répondit Shaw sans s'écarter. J'ai bien peur que Middleton ne soit pas là.

— Il se trouve que je ne suis pas venu pour m'entre-tenir avec Thaddeus, fit Cole en souriant. Est-ce possible de voir Mademoiselle Middleton ?

— Je...

Shaw recula en titubant, comme si cette requête l'avait déstabilisé physiquement.

— Cette visite est pour... *Mademoiselle* Middleton, Votre Grâce ?

Cole s'efforça de garder son sourire malgré le frémissement de doute qu'il éprouvait au creux de l'estomac. Il comprenait que la jeune femme était considérée comme une demoiselle vertueuse et que, jusqu'à présent, aucun gentleman ne s'était intéressé à elle, mais la stupeur sincère de Shaw devant une demande aussi simple le poussait à croire qu'elle n'avait jamais reçu la moindre visite.

Voyons, c'est impossible, se persuada Cole. Demoiselle à marier n'était pas synonyme d'invisible, tout de même. Elle avait sûrement des amies.

— Exactement, insista-t-il. Je suis venu rendre visite à Mademoiselle Middleton. La jeune dame est-elle à la maison ?

— Je...

Les mains de Shaw battaient comme les ailes d'un oiseau pris au piège. La perplexité sur le visage du majordome ne faisait que s'accentuer chaque seconde.

— Entrez, ne restez pas dans le froid. Vous connaissez le salon des invités. Allez vous réchauffer près du feu pendant que je vérifie si... Mademoiselle Middleton peut vous recevoir.

Ce ne fut que lorsque Cole s'approcha du feu qui crépitait dans l'âtre familier qu'il se rendit compte qu'il portait toujours son manteau et ses gants, comme si Shaw était intimement convaincu que la jeune femme, même si elle était présente, ne recevrait personne.

Pas même un duc.

Un mouvement attira son attention et il se retourna pour voir une femme de chambre se glisser dans le salon. Peut-être avait-elle été envoyée pour lui offrir des rafraîchissements pendant qu'il attendait, mais à en juger par sa nonchalance, il était plus probable que la jeune servante soit simplement en train de vaquer à ses tâches habituelles. Shaw reviendrait à tout moment pour informer Cole que sa maîtresse ne souhaitait pas faire sa connaissance.

Il hocha discrètement la tête afin de saluer la servante et s'écarta de son chemin pour aller s'asseoir sur le bord d'un canapé.

La bonne inclina la tête à son tour, mais le bord de sa coiffe était trop bas pour que Cole puisse discerner la direction de son regard. Une servante ne serait certainement pas mal éduquée au point de regarder dans les yeux les invités de son maître. Sans doute hésitait-elle à poursuivre ses corvées ou à revenir plus tard, une fois l'intrus reparti.

— Vous êtes un ami de Diana ? fit alors la jeune femme, répondant à sa question.

Cole n'aurait su dire ce qui le surprenait le plus : la confirmation que Diana Middleton avait bel et bien des amis, ou la surprise qu'une servante ose s'adresser directement à lui.

Ce fut peut-être pour cela qu'il répondit spontanément :

— Je suis ici pour voir Mademoiselle Middleton, en effet.

Cet infime échange provoqua en lui un vague malaise.

Ce que le duc de Colehaven faisait ou ne faisait pas ne regardait pas la bonne, pourtant Cole s'enorgueillissait d'être scrupuleusement honnête dans toutes ses conversations, quelles que soient la situation ou la classe sociale de son interlocuteur. Cependant, il ne pouvait se résoudre à dire à haute voix : *Non, je ne suis pas son ami.* La franchise était primordiale, certes, mais l'honneur tout autant, et il n'allait pas entacher celui de Mademoiselle Middleton.

— Est-ce qu'elle vous attend ?

— Non, répondit-il froidement, orientant ostensiblement ses membres longs et svelets du côté opposé, comme s'il était soudain fasciné par le papier peint de l'autre côté du salon.

Voilà qui devrait décourager d'autres questions.

— Alors, pourquoi êtes-vous ici ? insista pourtant la domestique. Êtes-vous venu déposer plainte ?

— Certainement pas ! se récria Cole avec plus de véhémence qu'il ne l'aurait voulu.

Il délaissa la tapisserie pour se tourner vers la servante impertinente, toujours sur le seuil de la porte.

Elle ne s'y trouvait plus. La jeune femme se tenait maintenant à une longueur de bras, de l'autre côté du canapé. Sa coiffe volumineuse était encore trop basse pour révéler ses yeux et elle triturait ses doigts fins devant son tablier amidonné.

Ce petit brin de femme avait bien raison d'être soucieuse. Si l'un des Middleton la surprenait en train d'interroger un invité, ou si la gouvernante en chef voyait sa subalterne se dérober ainsi à ses corvées...

— Vous n'avez rien à faire ? demanda enfin Cole.

Il n'était pas grossier de nature, mais là encore, il avait

rarement l'occasion de converser avec les femmes de chambre des autres. En lui rappelant son devoir, il lui rendait service, se disait-il. Si elle perdait son poste à cause de son effronterie, Cole n'en serait pas fautif.

— J'ai plus de choses à faire que de temps pour le faire, répondit-elle.

Il n'en doutait pas. D'un geste, il désigna le salon.

— Je ne voudrais pas vous empêcher de faire ce pour quoi vous êtes là.

À sa grande surprise, ses mains fébriles sortirent un petit carnet de la poche de son tablier et elle nota un petit mot avec la pointe d'un crayon avant de ranger le tout à l'intérieur comme si son matériel n'avait jamais existé.

— Où est votre chaperon ? s'enquit-elle.

— Je n'ai pas besoin d'un chaperon, c'est Mademoiselle Middleton qui...

Il laissa sa phrase en suspens lorsqu'une pensée subite lui vint, aussi improbable que cela puisse paraître.

— Êtes-*vous* la chaperonne de la jeune femme ? Êtes-vous ici pour m'évaluer ?

— Vous espériez voler un moment seul avec elle ?

— Le ciel m'en préserve.

Il ne put réprimer un frisson d'horreur.

— On ne me surprendra jamais seul avec une jeune fille à marier.

— Vous n'avez pas envie de vous marier ?

— Nullement, répondit-il avec détermination.

Et encore moins contre sa volonté.

— Alors, qu'est-ce qui vous fait penser que Mademoiselle Middleton a l'intention de se marier ?

— C'est évident, déclara Cole, exaspéré. Toutes les jeunes filles convenables espèrent trouver un mari digne et devenir des épouses tout aussi dignes. Que ferait-elle d'autre ?

— Des mathématiques, répondit la bonne sans hésiter.

Il cligna des yeux devant ce brusque changement de sujet.

— Quel genre de femme préfère les mathématiques au mariage ?

— Une femme sage.

À ces mots, elle souleva sa coiffe et le regarda effrontément, révélant une belle paire d'yeux bleus en colère.

— Je préfère consacrer le reste de ma vie à des sommes appliquées et à des divisions complexes plutôt que de passer une seule seconde en présence d'un énième monsieur pensant savoir ce que désire une femme, sans prendre la peine d'effectuer le plus superficiel sondage d'opinion pour déterminer...

— Mademoiselle Middleton ? bégaya-t-il.

En réalité, nul besoin qu'elle le lui confirme.

— Pourquoi êtes-vous vêtue comme une femme de chambre ?

— Et pourquoi êtes-vous seul avec moi dans ce salon ? répliqua-t-elle, les mains sur les hanches.

À ce moment infortuné, Cole remarqua que lorsque la « bonne » était entrée dans le salon, elle avait refermé la porte derrière elle. Son estomac se noua, en proie à une peur sourde. Si elle ignorait sa venue, pourquoi diable portait-elle un déguisement ? Savait-elle qu'il devait venir ?

— Je vous en prie, dites-moi que ce n'était pas un tour élaboré pour me compromettre dans le mariage, parvint-il à dire, chaque muscle tendu en prévision du pire.

— Non, fit-elle en clignant ses beaux yeux bleus. C'est

au contraire un moyen de pression que j'ai bien l'intention d'utiliser pour vous forcer à me laisser *tranquille*.

— Vous voulez faire du chantage à un *duc* ?

Il s'interrompit en comprenant lentement son manège.

— Pour que je ne vous épouse *pas* ?

— Est-ce efficace ?

Il se leva avec empressement.

— Je n'ai aucun désir de vous épouser. Aucun. Pas le moindre.

— Merveilleux. Maintenant, écoutez attentivement. Je n'ai pas besoin de vous ni d'aucun homme. Compris ? Si vous avez le moindre sens de la préservation, vous trouverez le moyen de sortir de cette maison avant que l'on nous surprenne seuls, tous les deux, et que nos vies soient gâchées à jamais.

Que Dieu leur vienne en aide !

Il se rua vers la porte et l'ouvrit en grand, impatient de prouver qu'aucune séduction malveillante n'était en cours dans le salon des invités. Mais Mademoiselle Middleton avait raison. Il ne suffirait pas de prouver sa bonne foi. Il devait se hâter avant que l'absence de chaperonnage dans le salon ne les contraigne à faire amende honorable en se mariant.

Sentant que tout acte de politesse ne servirait qu'à l'irriter davantage, Cole inclina son chapeau en passant devant elle.

— Ce fut un plaisir de faire votre connaissance, Mademoiselle Middleton. Passez une bonne journée.

— Elle sera bonne, car je n'aurai plus à vous revoir, lui dit-elle, ses lèvres pulpeuses pincées en un rictus victorieux.

Il se surprit à sourire en retournant à son fiacre.

C'était sur ce point que la fougueuse demoiselle Middleton avait tort. Ils allaient très certainement se revoir. Après tout, il avait dix années de chance ininterrompue à préserver.

Et le duc de Colehaven n'avait *jamais* reculé devant un défi.

CHAPITRE 3

*M*ademoiselle Diana Middleton avait beau s'efforcer de concentrer toute son attention sur le bon calibrage des outils de mesure du négociant en vins, son esprit ne cessait de revenir sur sa rencontre avec le visiteur inattendu de la veille. Ce n'était pas la première fois que le duc de Colehaven daignait franchir leur humble seuil, mais c'était certainement la première fois qu'un tel gentleman demandait à la voir.

— C'est bon ? fit la voix plaintive du marchand de vin. Puis-je recommencer à vendre mes marchandises ?

Diana ne devait pas se laisser duper par une fausse innocence. Elle était régulièrement contrainte de donner un avertissement sévère à des établissements de cet ordre.

— Vous savez aussi bien que moi que le poids d'un gallon de vin ne se mesure jamais par rapport à un quart de boisseau de bière, mais plutôt à un quart de boisseau de maïs, le rabroua-t-elle.

Son regard chassieux parut soudain plus rusé lorsqu'il se récria :

— Comment suis-je censé me souvenir d'une chose pareille ?

— Écrivez-le, répondit-elle, péremptoire.

Glissant la main dans le panier suspendu à son bras, elle lui tendit l'un des nombreux rappels qu'elle avait copiés en prévision la veille.

— Ne le perdez pas, cette fois-ci.

Il soupira en acceptant la carte sur laquelle ses diagrammes avaient été tracés avec précision.

— Oui, Madame Peabody.

Bien sûr, Diana n'était pas Madame Peabody. Madame Peabody n'existait pas.

Néanmoins, de nombreux commerçants de ce quartier de Londres pensaient que Madame Peabody était une « secrétaire d'inspection » épuisée et terriblement sous-payée au service d'un avocat d'affaires, et que pour conserver son emploi, elle devait rapporter à son maître pointilleux autant de preuves de mépris flagrant de la loi de 1815 sur les poids et mesures qu'elle pouvait en découvrir, afin que tous ces mécréants soient traduits en justice.

En raison d'un arrangement qu'elle avait conclu avec l'assistante bien réelle d'un avocat, toutes les demandes de renseignements faisant référence à Madame Peabody ou à une « secrétaire chargée des inspections des poids et mesures » étaient transmises à un compte anonyme auquel seule Diana avait accès. Ses références étaient rarement remises en question, car les marchands aux pratiques douteuses souhaitaient *moins* attirer l'attention sur eux, non pas *plus*, ce qui rendait l'indomptable « Madame Peabody » très puissante.

— S'il s'avère que vos outils de mesure dupent encore les clients... déclara-t-elle en guise d'avertissement.

— Je sais, je sais.

Le commerçant s'empressa de coller la carte de rappel sur le mur au-dessus de la station de pesage.

— S'il y a une prochaine fois, reprit-il, je me défendrai non pas devant un brin de fille, mais devant un juge capable de faire bien pire que démanteler mon commerce.

Diana hocha très nettement la tête. On pouvait bien la qualifier de brin de quelque nature que ce soit, tant que les futurs clients de cet établissement ne risquaient plus d'être escroqués. Il était souvent bien plus facile d'effrayer des marchands peu scrupuleux pour qu'ils se conforment aux règles que de convaincre les tribunaux de prêter attention aux dizaines de plaintes anonymes qu'elle avait déposées par des « canaux appropriés » rien que cet hiver.

Elle prit congé du commerçant et retourna dans les rues enneigées de Haymarket.

Il était bien trop tôt le matin pour qu'un aristocrate qui se respecte soit déjà sorti du lit, mais Diana était tout de même vêtue de l'un de ses nombreux déguisements.

Comme la plupart de ses ensembles, celui d'aujourd'hui avait été conçu pour attirer le moins d'attention possible. Une robe grise aussi commode que quelconque, entourée d'une pelisse grise encore plus terne jusqu'aux chevilles et un épais châle de laine. Sa chevelure était repliée sous un bonnet robuste, mais incolore, dont le bord étendu assurait à la fois une distance respectable des passants et une ombre suffisante pour dissimuler ses traits.

Des bas de laine, des bottes noires et un panier épais complétaient la tenue, contribuant à donner l'impression d'une femme en mission, comme beaucoup d'autres serviteurs qui pressaient le pas, çà et là, pour les commissions de leurs maîtres.

L'efficacité de la « fille de course » qui la rendait invisible aux yeux des membres des classes supérieures n'était surpassée que par celle de la « femme de chambre ». Néanmoins, en plus de son journal intime et des cartes de rappel des poids et mesures, le panier de Diana contenait également une redingote écarlate et une coiffe élégante, au cas où elle devrait se précipiter derrière un paravent pour en ressortir radicalement différente.

Jusqu'alors, elle n'avait jamais eu recours à ce type de changement en toute hâte à côté du pot de chambre d'un commerçant. Diana espérait que sa bonne fortune durerait encore de nombreuses années, jusqu'à ce qu'il ne soit plus nécessaire de surveiller les pratiques commerciales contraires à l'éthique ou jusqu'à ce que les femmes puissent ouvertement mener une telle carrière sans sourciller, selon ce qui surviendrait en premier.

Elle rendit un soupir. Aucun des deux résultats n'était susceptible de se produire au cours de son existence. Dans le meilleur des cas, elle aurait quatre-vingts ans et elle se grimerait en mère d'homme de loi, feignant de n'avoir rien de mieux à faire de son temps que d'inspecter les outils de mesure des boutiques de Londres afin d'en rapporter les conclusions à son cher fils.

Peut-être pas un simple avocat, décida Diana. Si elle était encore à l'œuvre dans cinquante ans, elle affirmerait que son petit-fils était un magistrat au bras long. Quelle âme respectable, espérant garder sa boutique, oserait se disputer avec une grand-mère ?

Diana esquissa un petit sourire à cette évocation. Cela la démangeait toujours de se considérer comme un agent secret de la Couronne. Si secret que même la Couronne ignorait qu'elle travaillait en son nom. Rien qu'une humble enquêtrice, vengeant chaque jour les mathématiques mal appliquées pour l'amélioration et le traitement équitable de tous les citoyens d'Angleterre.

Glissant son journal hors du panier, elle ajouta une note rapide décrivant son échange avec le négociant en vins. Lorsqu'elle eut terminé, elle passa à une page marquée d'un signet, où elle inscrivit ses impressions sur les établissements qui devaient être visités à nouveau pour s'assurer que leur commerce était revenu dans le droit chemin.

Sa menace ne serait pas vaine. Si le commerçant reprenait des pratiques malhonnêtes, elle userait de tout son pouvoir, certes limité, pour le faire traduire en justice.

Elle referma le carnet. Sur la couverture, on pouvait lire : « *Si quelque chose peut être amélioré, améliorez-le.* » Diana avait écrit cette phrase elle-même. C'était sa devise depuis toujours et sa vocation secrète depuis qu'elle était devenue la pupille de son cousin Thaddeus.

Au début, elle avait simplement besoin de quelque chose pour occuper son année de deuil, en plus de fixer les murs vides ou de sangloter dans ses oreillers. Faire quelque chose au lieu de simplement rêvasser lui avait donné une raison de vivre. Un but. Un rayon de lumière pour remplir ses journées autrement sinistres et mornes. Ainsi qu'une chance d'être quelqu'un d'autre qu'une orpheline sans le sou, pendant une heure ou deux. Une occasion d'être... *importante*. De faire une différence dans la vie des gens.

Elle étrécit les yeux sur le chemin enneigé. De l'autre côté du Théâtre Royal se trouvait un établissement beaucoup moins opulent, connu sous le nom de *Duc Fringant*.

Bien que les femmes aient l'autorisation d'entrer dans la taverne, Diana ne s'était jamais aventurée à l'intérieur. Ne fût-ce que parce qu'entrer par la porte principale, comme elle le ferait, l'empêcherait de maintenir le niveau de réputation requis pour être acceptée parmi l'aristocratie. Diana ne cherchait pas de prétendant haut placé, mais elle tenait à éviter de mettre publiquement dans l'embarras son cousin, dont l'amabilité et le sens du devoir lui avaient donné une seconde chance dans la vie.

L'autre raison était, une fois encore, son cousin Thad. Aucun châle de laine ondulante, aussi fourni soit-il, ni aucun bonnet à bord souple n'empêcherait un membre de sa propre famille de voir à travers son déguisement, s'il la regardait de près.

Non que Thad soit là en ce moment. Il était à la maison, s'attendant à prendre un repas avec Diana dans moins d'une heure. Quarante-cinq minutes, ce n'était pas suffisant pour examiner *Le Duc Fringant* et rentrer en espérant que le repas soit encore chaud. Elle se mordit la lèvre.

Jusqu'alors, elle ne s'était jamais troublée de ne pas connaître la tenue de comptes de la taverne. C'était un établissement de solide réputation, et à toutes fins utiles, le « club » de son cousin, à qui il manquait le titre et les relations pour être reçu dans un véritable club de gentlemen, comme le *White's*, le *Boodle's* ou le *Brooks's*.

La clientèle du *Duc Fringant* allait de la classe ouvrière aux réformateurs politiques, en passant par les poètes indolents et les tristement célèbres joueurs de cartes. Pourtant, ses propriétaires étaient parmi les plus haut placés du royaume, ce qui donnait à cet établissement à la mode un air de faste et de légitimité, attirant aussi bien des fils de bonne famille et nobles célibataires. Le genre d'hommes importants avec lesquels Diana espérait depuis longtemps ne jamais être prise au piège de la conversation. Les manigances qui se déroulaient entre les murs du *Duc Fringant* n'avaient donc jamais éveillé son intérêt.

Jusqu'à présent.

— N'y va pas, murmura-t-elle à ses bottes impatientes. Pas dans cette direction.

Si elle pensait au *Duc Fringant* avec insistance, c'était pour la bonne raison qu'elle avait chassé de son salon un homme correspondant en tout point à cette description.

Le duc de Colehaven l'avait déstabilisée.

Diana était fière de sa capacité à penser avec dix longueurs d'avance sur tout le monde. Si la vie était un jeu d'échecs, elle n'était pas un simple joueur mais plutôt l'artisan qui concevait les règles du jeu.

Une apparence impeccablement soignée ? Cela, elle s'y attendait. D'élégantes bottes lustrées, des chausses douces comme du beurre, un grand manteau noir charbon, une cravate délicatement nouée, une mâchoire rasée de frais, des yeux noisette éblouissants, en un mot, une beauté presque impensable. Elle avait eu l'occasion de voir une gravure de Sa Grâce, un jour. L'artiste avait bien rendu la perfection absolue du duc, mais avait échoué à transmettre l'aspect le plus déroutant du personnage de Colehaven.

Cet homme confondant était *gentil*.

Lorsqu'il était entré, Diana était justement en route pour l'une de ses missions de reconnaissance. Elle avait atteint le rez-de-chaussée juste à temps pour entendre le duc saluer le majordome chaleureusement et par son nom.

Puis, confiné dans un salon avec une femme de chambre de plus en plus insolente, le duc avait continué sans relâche à la traiter comme un être humain, répondant à ses questions indiscrètes plutôt que de la renvoyer comme une servante à ses ordres.

Inconcevable, mais vrai.

Exercer du chantage pour le forcer à battre en retraite avait été un risque calculé. Il ne savait manifestement rien de Diana Middleton, mais cette dernière s'était efforcée d'en savoir le plus possible sur lui. Elle avait un journal entier consacré aux membres les plus importants de l'aristocratie. En comparaison avec le foisonnement et la minutie de son contenu, l'annuaire *Debrett's Peerage* passait pour un vulgaire travail d'amateur.

Caleb Sutton, cinquième duc de Colehaven. Cheveux noirs. Yeux noisette. Date de naissance : le 20 août 1787. Deux ans, jour pour jour, avant que Jurij Vega, l'un des héros mathématiciens de Diana, ne calcule *pi* au 140e degré, corrigeant ainsi une erreur de calcul commise par Thomas Fantet de Lawny près de soixante-dix ans auparavant. *Si quelque chose peut être amélioré, améliorez-le.* Vega était un homme selon le cœur de Diana. Son thésaurus complet de 1794 sur tous les logarithmes...

Diana secoua la tête. C'était le duc de Colehaven qu'elle devait analyser, pas des mathématiciens du continent.

Comme de nombreux célibataires éligibles à la fois dotés d'un titre et d'une bourse bien garnie, Colehaven jouissait d'une réputation fameuse. Contrairement à la plupart de ses pairs, sa réputation n'était ni celle d'un débauché sans vergogne ni celle d'un fat arrogant, mais plutôt celle d'un homme respectable, d'une honnêteté sans faille, d'une bonté authentique, dont les plus grands vices semblaient être un talent pour brasser de la bière artisanale, une amabilité flagrante envers les classes inférieures et un penchant à accepter les défis stupides.

Ce devait être pour cela qu'il était dans son salon. L'un de ses acolytes avait dû le mettre au défi de rendre visite à la demoiselle à marier la plus méconnue de Londres. Voilà. Mission accomplie. Fin du défi. Leurs chemins s'étaient croisés une fois en vingt-cinq ans. Avec de la chance, un autre quart de siècle s'écoulerait encore avant qu'ils ne se rencontrent à nouveau.

Après tout, Diana faisait de son mieux pour rester à l'écart de son monde. Elle ne voulait pas valser, ne voulait pas flirter derrière des éventails finement ouvragés, et surtout, elle ne voulait pas de mari. La seule façon pour elle de poursuivre ses bonnes œuvres était de rester maîtresse de sa propre vie.

Avec détermination, elle tourna le dos au *Duc Fringant* et prit le premier fiacre pour retourner à Jermyn Street, où elle se glissa par l'entrée arrière de la maison en terrasse, déposa son panier et son déguisement dans sa chambre à coucher, et descendit dans la salle à manger familiale cinq minutes avant son cousin.

Leur grand-tante Ruthmere avait emménagé avec eux lorsque Thaddeus était devenu le tuteur de Diana, mais en raison de son âge et de sa santé, elle s'aventurait désormais rarement hors de ses appartements privés. Diana lui apportait de nouveaux livres une fois tous les quinze jours, achetés à un libraire itinérant, et savait qu'il ne fallait pas s'attendre à ce que sa grand-tante soit réveillée à une heure aussi matinale.

Son cousin entra dans la salle à manger avec ses cheveux noirs mal soignés et un sourire coupable, comme s'il était sorti du lit à peine un instant plus tôt.

Diana rendit à Thad son sourire avec chaleur. Il était comme un frère pour elle, plus qu'un tuteur. Heureusement qu'il avait tendance aux grasses matinées. Ainsi, quand venait le temps de se saluer chaque matin, elle avait déjà terminé son véritable travail.

— Échecs ce soir ? demanda-t-il.

Elle fronça les sourcils.

— N'es-tu pas lassé de perdre ?

Il haussa les épaules et s'approcha du plateau de fruits et de fromage.

— Je t'aurai un jour.

Diana en doutait, mais elle appréciait beaucoup cet effort. Son père et elle avaient souvent joué aux échecs jusque tard dans la nuit. Elle ressentait encore âprement la perte de ces précieux moments, même si cela allait un peu mieux, à présent qu'elle avait Thaddeus.

Depuis le jour où il l'avait surprise à disputer une triste partie d'échecs contre elle-même, il s'était immédiatement proposé comme partenaire.

Bien qu'il ne soit pas aussi doué que son père, un homme que Diana n'avait réussi à surpasser qu'en trois occasions extrêmement rares, il s'était montré optimiste et joyeux, entretenant une conversation unilatérale et enchaînant questions et plaisanteries jusqu'à ce que le chagrin de Diana s'estompe et qu'elle retrouve goût à la vie. Elle le devait à Thad. Ce n'était pas seulement un cousin, mais un ami. Son plus cher et son *unique* ami.

Ce qui rendit ses prochaines paroles d'autant plus inattendues :

— Je pense que tu devrais profiter de cette saison pour te trouver un mari.

Avec un clin d'œil, il ajouta :

— Tu ne rajeunis pas.

La fourchette de Diana retomba avec fracas contre son assiette.

— Tu ne rajeunis pas non plus, vociféra-t-elle. Pourquoi tu ne te trouves pas une femme, toi ?

— J'en ai l'intention, dit-il avec nonchalance. Tôt ou tard. Heureusement pour moi, les célibataires de trente-deux ans ne sont pas qualifiés de « vieux garçons », mais plutôt de « beaux partis ».

— Tu es un terrible parti, au contraire. Combien de fois vais-je devoir te dire de ne pas ouvrir par la case F4 ? C'est l'échec et mat en deux coups garanti.

— Je n'ai aucune idée de ce dont tu parles, répondit-il joyeusement en se servant une bonne portion de viande. F4, 2B, 86, XD. On dirait un code militaire que tu aurais intercepté d'un pays étranger.

— J'aimerais pouvoir m'engager dans l'armée, murmura-t-elle. Je ferais un formidable agent secret au service de la Couronne.

— Mange tes légumes, lui conseilla Thad. Et évite ce genre d'affirmations scandaleuses en galante compagnie, sinon tu ne trouveras jamais de prétendant.

Exactement ce qu'elle escomptait.

CHAPITRE 4

*— E*nfin. Cole se leva du siège rembourré et se pencha vers la porte du fiacre.

— Arrête, gronda Felicity, l'œil espiègle. Les sœurs cadettes sont censées traîner leurs frères aînés à ces événements, non l'inverse.

— C'est la première grande soirée de la saison, protesta Cole en touchant la poignée de la porte. Tout le monde sera là. Et nous comme les autres.

En riant, Felicity lui frappa la main.

— Attends au moins que la voiture s'arrête avant de sauter pour aller discuter avec tes mille et un amis.

— Mille *deux*, rectifia-t-il solennellement. Je n'arrête pas depuis le petit-déjeuner.

La propension de Cole à se lier d'amitié avec toutes les personnes qu'il rencontrait était une plaisanterie familiale de longue date, fermement ancrée dans la réalité. Pour lui, le principal avantage à posséder une taverne n'était pas la réserve illimitée de bière fraîchement brassée, mais le flot tout aussi ininterrompu de vieux amis et de nouveaux visages.

Il ressentait le même enthousiasme à propos des réunions de la haute société. Toute fête qui se qualifiait d'« événement de la saison » lui permettait de retrouver des amis qu'il n'avait pas revus depuis la saison passée, d'anciens camarades de classe d'Oxford, ainsi que toute une génération d'inconnus dont il ne suffisait que d'une présentation pour s'en faire de nouvelles connaissances et peut-être même des amis.

Quand le cochet ouvrit la porte pour faire sortir Felicity, Cole s'empressa de la suivre.

Un instant plus tard, le majordome venait les saluer à la porte, leurs manteaux d'hiver étaient emportés par des valets de pied obséquieux, et sa sœur et lui s'avançaient au pied d'un bel escalier. Des lustres de verre étincelants illuminaient la vaste salle de bal en contrebas.

Des messieurs à la mode, des dames élégantes, des rafraîchissements somptueux, un orchestre extravagant... Cole était impatient que leurs noms soient annoncés pour qu'ils puissent se joindre à la fête.

— Sa Grâce, le duc de Colehaven, et Lady Felicity Sutton.

Enfin ! Cole sourit à sa sœur et lui tendit le bras pour l'escorter dans le beau monde.

Si Cole se liait d'amitié avec toutes les personnes qu'il rencontrait, c'était aussi parce que l'un des hommes ici présents était sans doute destiné à Felicity... et qu'elle ne montrait aucun signe de vouloir le chercher elle-même.

Sa sœur n'était pas une demoiselle effacée. Felicity avait plusieurs amis proches et ne manquait pas de noms sur son carnet de bal, mais si la saison devait se terminer abruptement le surlendemain, elle n'en pleurerait pas. Elle était tout aussi satisfaite de passer du temps dans le salon d'un poète ou de perdre un après-midi entier dans une bibliothèque que d'aller valser avec un comte.

— Ne t'en mêle pas, dit-elle comme si elle pouvait lire dans ses pensées. Je danserai si je veux, et cela ne te regarde pas.

— Je suis justement censé me mêler de ce qui ne me regarde pas, lui rappela-t-il allègrement. C'est même un droit qui m'est accordé par Dieu. Je participe à l'élaboration des lois qui régissent toute l'Angleterre. La prochaine s'appellera peut-être l'*Acte des Fiançailles de Felicity Sutton de 1817*, qui sait ?

— Dieu nous en garde, murmura Felicity, mais elle ne put réprimer un sourire affectueux. En quelle année aura lieu l'*Acte de la Duchesse de Colehaven* ?

— Moins fort, chuchota-t-il avec insistance. Ne fais pas de telles plaisanteries avec toutes ces mères entremetteuses à portée de voix. Je vais être assailli par tant de débutantes au visage poupin que je ne pourrai même plus bouger les bras.

— Ce n'est arrivé qu'une fois, protesta-t-elle avant de réfléchir.

— Deux fois, précisèrent-ils à l'unisson.

— À la soirée des Lyndon, concéda-t-elle en secouant la tête d'un air ironique. J'ai bien cru qu'elles allaient te sauter dessus comme des chatons. Tu aurais pu ramener toute la meute chez toi, si tu l'avais voulu.

Il frissonna.

— Je ne voulais absolument pas.

Il y aurait bien une duchesse de Colehaven, mais ce ne serait pas une jouvencelle de dix-sept ans tout juste sortie de l'école. Sa future Grâce serait une femme raffinée et intelligente, aimée et respectée par ses semblables. Une dame chaleureuse et digne, aux manières irréprochables et à l'âme douce, capable de commander sa maisonnée et le cœur de son mari en un claquement de doigts. Une véritable duchesse à tous égards.

Cole n'était pas prêt pour une telle femme. Il devait mériter ce privilège, devenir un noble respecté, non seulement par son titre, mais dans la réalité des faits. Une fois qu'il aurait été choisi pour diriger un comité, une fois que ses idées auraient enfin changé le monde pour le mieux, alors peut-être...

— Y a-t-il une bibliothèque quelque part ? s'enquit Felicity.

— N'y pense même pas.

La main au creux du coude, il l'entraîna en direction de l'orchestre.

— Pas de livres tant que tu n'auras pas fait au moins cinq danses. Et goûte les gâteaux. Si tu n'essaies pas les gâteaux au citron parce que tu te caches dans la bibliothèque, je mangerai jusqu'à la dernière part et tu n'auras que tes yeux pour pleurer.

— Tu es le pire des frères. Le pire. Tu sais que les tartes au citron sont mon point faible.

C'était même la seule chose qu'elle aimait plus encore que les bibliothèques. La faute à Cole.

Quand ils étaient pauvres, les pâtisseries étaient le seul plaisir qu'ils s'accordaient, et ce deux fois l'an. À l'anniversaire de Felicity et au réveillon de Noël. Avec la tarte, vrai délice fondant dans leurs bouches, ils pouvaient oublier un instant le poids écrasant de la pauvreté et savourer une petite tranche de paradis.

Avec son titre était arrivé un raz-de-marée d'argent et de privilèges. Soudain, Cole était parti à Oxford et n'avait plus eu besoin de s'échiner toute la journée devant le brasier de la forge pour gâter sa sœur avec des friandises.

Après avoir partagé toutes les joies et les désespoirs de leur vie commune, il n'était pas juste que seul Cole puisse bénéficier d'un enseignement supérieur. Il ne pouvait pas envoyer sa sœur à Eton, mais il n'y avait aucune raison de la maintenir dans l'ignorance. Il lui avait donc fait parvenir tous les livres qu'il avait pu trouver susceptibles d'améliorer ses connaissances ou de lui procurer un moment de divertissement. Chaque jour, après les cours, il rédigeait de longues lettres résumant les points essentiels de tout ce qu'il avait appris.

Bien que de nombreux kilomètres les séparent, c'était comme s'ils allaient à Oxford ensemble. Depuis le jour où Felicity avait tenu son premier livre dans ses mains, son amour pour les bibliothèques n'avait cessé de croître.

— Cinq danses, lui rappela-t-il. Trouve cinq messieurs dignes d'une demi-heure de ton temps, et je l'escorterai personnellement jusqu'à la pile de livres la plus proche avec une assiette de tartelettes au citron dans chaque main.

— Très bien.

L'étincelle dans ses yeux démentait sa moue boudeuse.

— Mais si ces parangons de dandysme m'ennuient à mourir, je t'enverrai à la table des rafraîchissements pour que tu me rapportes de quoi me donner du cœur à l'ouvrage.

— Très bien.

Il sourit à part lui alors que sa sœur allait se mêler à la foule.

Connaissant Felicity, elle danserait jusqu'à ce que ses pieds ne puissent plus supporter une autre virevolte. Ensuite, après six, huit ou dix danses étourdissantes, elle irait trouver refuge parmi les tours de livres les plus proches et n'en émergerait que lorsque le fiacre serait prêt à la ramener chez elle.

— Te voilà, fit soudain une voix derrière l'épaule de Cole.

Il se retourna et sourit à son ami, le duc d'Eastleigh.

— Tu n'as fait que dormir depuis hier soir ?

— Les fiançailles de Middleton sont chose faite ? rétorqua Eastleigh.

— J'y travaille, lui assura Cole.

— Ne l'entraîne pas sur la piste de danse pour que les jeunes blancs-becs te copient, lui rappela Eastleigh. Et interdiction de l'épouser toi-même.

Cole leva les yeux vers le plafond voûté.

— Je me souviens très bien des règles.

En réalité, les règles étaient bien le cadet de ses soucis. Lorsqu'il croiserait à nouveau l'imprévisible Mademoi-selle Middleton, elle pouvait tout aussi bien lui jeter un verre de ratafia au visage qu'arracher un masque peint devant son visage pour révéler être un kangourou articulé.

— Je n'en doute pas, convint Eastleigh. Je n'ai jamais vu un homme mémoriser autant de détails obscurs que lorsque tu faisais partie du comité de la loi sur les marchandises étrangères.

Cole haussa les épaules.

— Que veux-tu ? J'aime les comités.

Ce n'était pas seulement une impression d'utilité. *C'était* utile. Importation, exportation, réduction de la dette, préservation de la paix, abolition du pilori... et tout cela, rien que l'année dernière. Pour lui, cela avait été une joie et un privilège d'accomplir sa part.

— Si tu les aimes tant, tu devrais prendre la place de Lord Fortescue.

L'inquiétude lui plissa le front.

— Est-il arrivé quelque chose au comte ?

— La gravité a fait son œuvre alors qu'il passait en traîneau trop près d'un arbre, répondit sèchement Eastleigh. Il est cloué au lit avec un plâtre pendant les six prochaines semaines. Quand le Parlement ouvrira mardi, la première mesure sera de désigner quelqu'un pour le remplacer au sein des commissions qu'il dirigeait.

Cole avait été membre des deux comités dirigés par Fortescue : Travaux publics et Pêche, ainsi que Bureaux des Finances. L'excitation déferla dans ses veines.

C'était l'occasion qu'il attendait. S'il pouvait convaincre les Lords de le choisir comme chef intérimaire, il se montrerait aussi bien informé, passionné et capable que n'importe lequel de ses pairs nés pour ce rôle. Comme il n'avait été « important » que pendant la moitié de sa vie, Cole avait travaillé deux fois plus dur. Il ne voulait pas être « aussi bon » qu'un autre. Il voulait être exceptionnel. Ce serait la preuve visible qu'il était digne du titre dont il avait hérité.

— Tu penses qu'ils vont le soumettre au vote mardi ?

— Je pense qu'ils accepteront les nominations mardi, répondit Eastleigh en haussant les épaules. Ils ne le soumettront probablement pas au vote avant une semaine.

Alors, le calendrier était fixé. Cole devait remporter le défi de Middleton au plus tard lundi soir. Mardi, il se présenterait comme concurrent sérieux et digne. Puis plus aucun pari jusqu'à ce qu'il soit élu chef du comité intérimaire.

Jusqu'à ce qu'on lui confie un sujet à part entière. Peut-être les navires à passagers ou le braconnage de nuit. Cole n'était pas difficile. Il devait simplement veiller à avoir un comportement exemplaire pendant les semaines qui suivraient. Une fois qu'il aurait posé sa candidature pour être chef de comité, il ne pouvait pas risquer de commettre la moindre bévue sous peine de ne pas être considéré à la hauteur.

— Si tu veux bien m'excuser, murmura Eastleigh. Je crois que je viens de comprendre pourquoi j'ai accepté cette invitation.

En des circonstances normales, une déclaration aussi suspecte aurait piqué la curiosité de Cole.

Mais plus rien n'était normal.

Il avait déjà oublié l'intrigue du duc, car son regard était maintenant attiré par une silhouette discrète dans l'ombre, contre le mur du fond de la salle de bal bondée. Il se rapprocha, se frayant un chemin entre les seigneurs et les dames, prenant soin de ne pas dévoiler sa position.

Diana Middleton. Il en était certain.

Elle portait une robe rose clair assortie au papier de soie de la tapisserie, si bien qu'on eût dit qu'elle avait choisi cette couleur afin de devenir une sorte de trompe-l'œil vivant, apte à tromper, du moins, l'œil le moins avisé.

À quoi diable jouait cette femme ? L'irritation lui courait sur la peau. Il n'était pas fasciné par elle, se persuada-t-il. Ses lèvres roses et ses beaux yeux bleus ne l'impressionnaient pas. Il croyait à l'honnêteté, à la transparence et à l'équité par-dessus tout, et Diana Middleton n'était que mensonges et déguisements.

Elle ne semblait pas être engagée dans une quelconque conversation. Elle ne mangeait pas, ne buvait pas, ne souriait pas, ne fronçait pas les sourcils, ne clignait même pas des yeux... Cole hésitait entre la méfiance et l'inquiétude. En temps normal, faire tapisserie n'était jamais qu'une métaphore. La timidité, la simplicité ou la discrétion d'une jeune femme empêchaient souvent les hommes dépourvus d'imagination de jeter un second regard.

En l'occurrence, cependant, il semblait que ce soit une tactique à dessein. Mademoiselle Middleton n'était pas assise parmi les demoiselles et les chaperonnes, mais plutôt tapie dans l'ombre, loin derrière. Même un gentleman s'aventurant à l'écart de la piste de danse dans le but d'inviter une rose languissante pourrait passer devant cette jeune rebelle sans la remarquer, tant elle se fondait avec le mur.

Cole se retourna avant qu'elle ne perçoive son regard. Lui trouver un prétendant allait s'avérer aussi complexe qu'il lui serait ardu de définir quel gentleman de sa connaissance possédait une personnalité qui compléterait celle de Mademoiselle Middleton. Il ne s'agissait plus de la première étape, mais bien plutôt la quinzième.

Avant toute chose, il allait devoir décoller la pupille de Thad des lambris. Et comme on ne devait pas le voir influencer le pari en lui accordant une attention particulière... Cole avait besoin de renforts.

En temps de guerre, il ne pouvait pas rêver meilleur général à ses côtés que Lady Felicity.

Il la rejoignit alors qu'elle se dirigeait vers le buffet.

— Une douzaine de tartes au citron, murmura-t-il en

lui barrant la route. Je les confectionnerai personnellement.

Elle plissa ses jolis yeux bruns.

— Qu'est-ce que tu as fait ?

— Rien, protesta-t-il en l'orientant vers un coin plus privé. J'aimerais te demander un service.

Elle fronça les sourcils.

— Je t'écoute.

Après une grande inspiration, il demanda :

— Connais-tu Diana Middleton ?

Felicity cligna des paupières.

— Non.

— As-tu seulement entendu son nom ?

Elle se renfrogna, puis secoua la tête.

— Pourquoi ?

Des yeux bleus aux longs cils et des lèvres pulpeuses si prometteuses lui vinrent à l'esprit, mais Cole se ressaisit.

— Je veux qu'elle trouve son véritable amour.

— C'est toi ?

— Ce n'est pas moi, dit-il précipitamment. Pour l'heure, ce n'est personne, car personne ne semble savoir qu'elle existe.

— Sauf toi ?

— Et son tuteur. Thaddeus Middleton.

Felicity acquiesça lentement.

— Thad est un homme bon. Il devrait inviter sa pupille à l'une de ces soirées.

— Elle *est* à l'une de ces soirées.

Cole inclina la tête vers le mur opposé.

— Et même à *cette* soirée.

Le front de Felicity se plissa.

— Que dois-je chercher ? Des boucles blondes ? Un chignon brun ? La fille avec une plume dans les cheveux ?

— Celle dont la robe est faite du même tissu que le papier peint, répondit-il froidement. Celle qui fait tapisserie au sens propre du terme.

Presque une minute entière s'écoula avant que les yeux de Felicity ne s'écarquillent.

— Je vois... quelque chose.

Cole hocha la tête.

— Je te demande un service, tout petit. Présente-toi, puis présente-la à... tous ceux que tu connais. Surtout les messieurs. Je prendrai la relève.

— C'est un défi, n'est-ce pas ? s'offusqua Felicity en croisant les bras. Qui t'a poussé à faire cela ? Était-ce Eastleigh ? Et pourquoi fichtre suis-je impliquée là-dedans ?

— Ne dis pas « fichtre », lui reprocha-t-il. Attends qu'un pauvre idiot soit sous ton charme. Ensuite, tu pourras jurer comme un charretier.

— Les charretiers ne disent pas « fichtre », répliqua-t-elle sèchement. Les charretiers disent « nom de Dieu » ou « par tous les diables, encore un maudit... »

Il saisit sa sœur par les épaules et la fit pivoter vers les demoiselles à marier et leurs chaperonnes.

— Je te serai redevable.

Aussitôt, elle prit un air enjoué :

— Tu m'emmèneras flâner dans les boutiques ?

— Tu as déjà un accès illimité aux cordons de ma bourse, lui rappela-t-il en serrant les dents. Pourquoi aurais-tu besoin de ma présence ?

— Parce que tu détestes cela, répondit-elle, taquine.

— Tu as essayé de m'habiller avec des rayures vermillon et de la mousseline violette. Je ne te le pardonnerai jamais. Tu te contenteras de tartes au citron, sinon le marché ne tient pas.

— Soit. Je ne fais pas cela pour toi, mais pour le mystère.

Felicity darda son regard vers Mademoiselle Middleton avant d'ajouter :

— Et pour les tartes au citron.

CHAPITRE 5

*D*anse avec moi.

— Diana leva les yeux pour voir son cousin Thaddeus qui s'approchait, une boucle sombre sur sa tempe après ses nombreux passages sur la piste de danse.

Elle secoua la tête.

— Je suis très bien ici. Et puis, je pense que les jumelles Everett vont trépasser sur-le-champ si tu n'ajoutes pas ton nom à leurs carnets de bal.

Il hésita.

— Tu es sûre de ne pas vouloir danser ?

— Aussi sûre que le théorème des nombres premiers d'Adrien-Marie Legendre.

Thaddeus fronça les sourcils.

— Un théorème, cela ne signifie-t-il pas justement que l'on n'est sûr de rien ?

— C'est dans le cas d'une hypothèse que l'on n'est sûr de rien, mais que l'on espère le découvrir, rectifia-t-elle.

Les théories, elles, sont corroborées par des preuves. Et un théorème...

Diana interrompit sa récitation pour pousser son cousin vers l'orchestre.

— Va danser. Si tu souhaites vraiment connaître les subtilités des théorèmes, je t'en donnerai une explication exhaustive la prochaine fois que je t'humilierai sur l'échiquier. Mais d'abord, les jumelles Everett. Allez, ouste.

Avec un dernier regard soucieux, Thaddeus s'inclina et s'éloigna vers la piste.

Diana s'affaissa contre le mur, grandement soulagée.

Même si elle n'avait jamais accepté ses aimables propositions, Thad ne se lassait pas de l'inviter à se joindre à lui pour une danse folklorique ou un menuet. Le problème n'était pas son cousin, ni même les menuets. Diana appréciait la liberté de danser, et à vrai dire, cela lui manquait beaucoup.

Tout comme lui manquaient les coiffes sophistiquées avec d'audacieuses plumes de paon et les robes conçues selon la dernière mode française.

Le problème était qu'elle ne pouvait pas avoir de telles choses, et en même temps, se faire oublier de la société.

Elle avait beau rêver d'être libre d'aimer ce qu'elle aimait et de travailler ouvertement à des causes qui lui tenaient à cœur, le monde ne le permettait pas. Surtout si l'on était une jeune femme à marier évoluant dans les cercles sociaux de l'aristocratie.

Une vieille fille, en revanche, n'était pas censée se pâmer devant de riches célibataires ou glousser à chaque valse. Dans un an ou deux, trois tout au plus, Diana obtiendrait le statut de cause perdue et toute la liberté bienheureuse qui l'accompagnait.

En attendant, elle devait se contenter de faire tapisserie. Encore l'un de ces interminables jeux de rôles, celui-ci consistant à se conformer en apparence aux attentes de la société – assister à des bals, accepter des invitations – sans participer de manière significative.

Si son comportement faisait paraître Diana bizarre, antisociale ou peu féminine, tant pis. Il faut parfois sacrifier ses meilleurs pions pour gagner la partie. La seule valeur prisée par la société dont elle disposait, c'était sa réputation. Si cela ne tenait qu'à elle, elle sacrifierait cela aussi. Si elle était « souillée », la vie serait bien plus simple, car elle n'aurait ainsi plus à vivre dans le mensonge, à cheval sur deux mondes. Elle pourrait laisser la haute société derrière elle et se concentrer sur les gens ordinaires.

Tant que cela n'avait aucune répercussion fâcheuse sur Thaddeus. C'était un joueur d'échecs redoutable et un charmant cousin. La seule raison pour laquelle elle se donnait encore la peine de jouer le jeu était qu'il affectionnait ce monde vaniteux. La danse, les dîners, les jardins d'agrément. Si elle pouvait faire son bonheur en l'y accompagnant, elle ne lui enlèverait pas cela.

Elle se contentait de regarder, tapie dans l'ombre.

Ses doigts lui démangeaient de sortir son carnet de son réticule et de prendre quelques notes. Une observation attentive était le combustible qui alimentait sa vie. En guise de petit-déjeuner, à l'aurore, elle épluchait les journaux du jour, passait la matinée à mener l'enquête chez les négociants en vins, passait en revue et élaborait des stratégies chaque après-midi en prévision de la soirée, au cours de laquelle elle griffonnait les innovations et les lacunes constatées sur le fond des réunions sociales auxquelles elle ne pouvait se dérober.

Dernièrement, cependant, toutes ses réflexions se concentraient sur le duc de Colehaven. En dépit de tous ses efforts, elle n'arrivait pas à le chasser de son esprit.

Une fois de plus, son regard le distingua dans la foule.

La sobriété même de sa tenue vestimentaire le faisait ressortir parmi tous les autres messieurs en manteaux noirs et cravates blanches. Colehaven avait une prestance que les autres n'avaient pas. Une façon de posséder la pièce en y entrant, d'attirer tous les visages vers le sien à l'image des tournesols. Tout le monde semblait s'épanouir sur son passage.

Diana résista à l'envie de lisser sa robe ou d'entortiller une mèche de cheveux autour de son doigt. Elle n'avait pas l'intention de se faire belle, et encore moins pour lui. Son seul objectif était de passer inaperçue jusqu'à ce qu'il soit temps de rentrer.

Pourtant, ce n'était pas la première fois qu'elle sentait les yeux de Colehaven sur elle. Son pouls s'accéléra. Pourquoi la regardait-il ? Après leur désastreuse présentation, il n'oserait tout de même pas l'inviter à danser ? Et dans ce cas, comment lui répondrait-elle ?

Le regard du duc glissa sur elle, comme s'il ne l'avait pas reconnue.

Les épaules de Diana se pressèrent contre le mur, avec un mélange de soulagement et de chagrin. Bien sûr, un duc à la beauté dévastatrice au milieu d'un bal aussi animé ne pourrait pas la remarquer parmi la splendeur de l'assistance.

Il était probablement à la recherche d'une débutante digne de devenir duchesse. Ou d'une autre conquête qui n'ait pas froid aux yeux. Diana s'en moquait. Elle le regardait uniquement parce qu'elle s'ennuyait, et non parce qu'elle souhaitait se retrouver dans ses bras.

— Je préférerais être dans la bibliothèque, dit soudain une voix, à sa gauche.

Diana tourna vivement la tête, surprise. Après des années à errer comme un spectre en fond de salle lors des rassemblements de la haute société, c'était l'une des rares fois où on l'abordait.

La jeune femme semblait avoir à peu près son âge, un peu plus petite, le teint légèrement plus clair, des cheveux foncés et des yeux marron, vêtue d'une superbe robe de soirée en gaze bleue de minuit sur un corsage en satin lavande. Elle regardait Diana avec un intérêt particulier.

Sans doute s'étaient-elles déjà aperçues à d'autres occasions. Malheureusement, aussi habile que soit Diana pour mémoriser les chiffres et effectuer des calculs avancés, elle était incapable de se souvenir des visages.

Pour remédier à cette lacune, elle consignait dans son journal les descriptions physiques détaillées de toutes les personnes qu'elle avait rencontrées. Toutefois, ce n'était pas le moment de le sortir de son sac pour tenter de déterminer une quelconque correspondance.

— Moi aussi, je préférerais une bibliothèque, admit-elle à la place, mais c'est précisément le premier endroit où mon tuteur me chercherait.

La jeune femme fronça le nez en signe de compassion.

— Le mien aussi.

— Vous avez un tuteur ?

L'esprit de Diana s'emballa. Très peu de femmes parmi les célibataires de la haute société étaient parrainées sans famille immédiate, ce qui signifiait que cette femme était soit...

— J'ai un frère, répondit-elle, détruisant cet espoir dans l'œuf. La pire sorte de tuteur, si vous voulez mon avis. D'autant plus qu'il est duc.

Diana plissa les yeux.

— Colehaven ?

— Colehaven, acquiesça l'inconnue avec un soupir déchirant.

Diana grinça des dents. Pas besoin d'ouvrir un journal pour connaître le nom de cette femme. Il s'agissait de Lady Felicity, unique sœur et cadette du duc de Colehaven, qui s'avérait décidément de plus en plus troublant.

Elle serra les poings avant de demander :

— C'est votre frère qui vous envoie ?

— Oui, répondit sans détour Lady Felicity.

— Dans quel but ? Il ne peut tout de même pas me demander une présentation formelle.

— Pas avec lui, convint Lady Felicity. Je dois vous présenter à tous les autres, en particulier aux messieurs.

Diana la regarda.

— *Pourquoi cela ?*

— Il ne me l'a pas dit, répondit Lady Felicity en haussant une épaule. Mais il semble qu'il ait l'intention de vous trouver un prétendant, par mon intermédiaire apparemment.

Il faudrait d'abord me passer sur le corps, songea Diana. Une chaleur brûlante se propagea sur sa nuque. Elle ne serait pas le projet de bienfaisance d'un duc arrogant, et il était hors de question qu'il vienne semer le trouble dans son rôle de tapisserie parfaitement maîtrisé jusqu'à présent.

Elle se hérissa. Que le duc aille au diable, et il pouvait emmener sa sœur avec lui. Diana n'avait pas besoin de quelqu'un qui croyait pouvoir empiéter sur sa vie ni de se soumettre à...

— D'ici, je peux voir au moins une demi-douzaine de célibataires éligibles à vous présenter.

Les yeux bruns de Lady Felicity s'éclairèrent lorsqu'elle ajouta :

— Ou alors, nous pourrions aller à la bibliothèque.

Un rire spontané échappa à Diana avant qu'elle puisse le contenir.

— Vous n'avez pas l'intention d'obéir à votre frère ?

— L'œuvre de toute ma vie consiste précisément à le contrecarrer à chaque instant, répondit Lady Felicity avec un sourire malicieux. Je pourrais vous présenter tous les célibataires les moins recommandables et compter les minutes avant qu'il ne se précipite pour me demander des comptes.

Diana sourit. Une telle image était presque tentante. Lady Felicity ne correspondait pas du tout à ce qu'elle imaginait. Si Diana pouvait se permettre de prendre le risque d'avoir des amis, une jeune femme comme Lady Felicity ne serait pas un mauvais point de départ.

Malheureusement, Diana dut étouffer cette absurdité, sinon elle allait gâcher son aptitude jusqu'à présent infaillible à se déplacer dans cette foule sans être remarquée.

— La bibliothèque, dit-elle avec détermination.

Il faudrait qu'elle soit suffisamment vide afin d'y tenir une conversation rapide.

— Pourriez-vous faire venir votre frère ?

— Oh, mon Dieu.

Les épaules de Lady Felicity s'affaissèrent.

— J'espérais qu'on pourrait chercher le dernier Radcliffe à la place.

— Vous, cherchez votre Radcliffe, suggéra Diana. Moi, je vais faire savoir à votre frère ce que je pense exactement de son ingérence.

— En y réfléchissant bien, je préfère assister à cela.

Elle exécuta une révérence parfaite.

— Lady Felicity Sutton, ajouta-t-elle. C'était un plaisir aussi inattendu qu'agréable de faire votre connaissance.

— Mademoiselle Diana Middleton.

Avec un sourire, elle fit sa propre révérence.

— Tout le plaisir était pour moi.

Si elle se demandait comment Lady Felicity avait l'intention d'attirer son frère dans la bibliothèque, le mystère fut de courte durée. Au moment où les deux jeunes femmes quittaient les lambris pour s'éclipser de la salle de bal au lieu de prendre la direction de la piste de danse, Colehaven abandonna immédiatement son champagne pour s'élancer à leur poursuite.

Diana et Lady Felicity venaient tout juste de trouver la bibliothèque lorsque Colehaven fit irruption derrière elles.

— Pourquoi n'êtes-vous pas dans la salle de bal ? demanda-t-il.

— Et vous, pourquoi intervenez-vous dans mes affaires ? répliqua Diana, les mains sur les hanches.

Lady Felicity disparut parmi les piles de livres, mais Diana la soupçonnait de jeter un coup d'œil vers eux derrière les étagères.

— Pourquoi est-ce si difficile de rencontrer d'autres personnes ?

— Je n'ai pas apprécié de *vous* rencontrer, par exemple, déclara Diana, le cœur battant.

Elle n'avait pas remarqué la longueur de ses cils auparavant et elle se trouvait dans l'incapacité de détourner son regard de ces yeux noisette magnétiques.

— Je n'aime pas faire l'objet de chantage, grommela-t-il.

On aurait dit qu'il voulait gronder.

Il ne paraissait plus fâché. D'ailleurs, il ne regardait même plus ses yeux. Son regard était tombé quelques centimètres plus bas, où les dents de Diana grignotaient négligemment sa lèvre inférieure.

Elle y passa sa langue en réaction.

Il s'approcha.

— Je vous ai fait du chantage, bredouilla-t-elle, ses paroles bien plus laborieuses qu'elle n'en avait l'intention, pour que vous ne cherchiez *pas* à m'épouser.

— Le mariage ne m'intéresse pas.

Sa voix était rauque et sa bouche se rapprocha soudain, comme s'il ne pouvait pas empêcher son corps d'être attiré de plus en plus par le sien.

Bien malgré elle, ses pieds en firent de même et lorsque ses orteils frôlèrent les siens, le frisson qu'elle ressentit n'avait rien à voir avec les intempéries de janvier, mais tout à voir, au contraire, avec l'irrésistible insolent qui se trouvait devant elle.

— Reine sur H5, chuchota-t-elle.

— C'est une feinte, répondit-il tout aussi bas, les yeux dans les yeux. Mon pion me protège.

Son cœur battait plus vite lorsqu'elle prit conscience que lui aussi pouvait visualiser un échiquier.

Elle secoua la tête.

— Vous avez perdu ce pion lors de votre premier coup.

— Vraiment ? demanda-t-il doucement, levant la main vers son visage. Alors, que la reine se défende contre *ce* mouvement.

Son pouce lui toucha la joue et Diana retint son souffle.

Au même instant, une pile de livres s'écroula sur le sol.

Colehaven et elle s'écartèrent vivement et le rouge leur monta aux joues.

— Désolée ! fit une voix de l'autre côté de la biblio-thèque la plus proche. Mon coude... Je ne regardais pas. Enfin, je veux dire, je regardais, mais pas les étagères...

— Felicity, grogna Colehaven d'une voix grave menaçante.

Diana était tendue, son pouls fugitif cognant encore à tout rompre. Elle avait complètement oublié la présence de Lady Felicity. Apparemment, le duc aussi. La jeune femme ne pouvait pas se cacher d'avoir écouté sans vergogne... ni d'avoir délibérément ignoré toutes les recommandations de son frère. Le cœur de Diana se mit à battre la chamade. Comment le duc réagirait-il à une transgression aussi évidente ?

Lady Felicity se faufila entre les piles de livres avec une expression angélique.

— Oui, cher frère ?

Colehaven tendit un doigt autoritaire dans sa direction.

— *Pas* de tartes au citron. Plus aucune, pendant le reste de ta vie. Tu m'entends ?

— Ça en valait la peine, chuchota Lady Felicity à Diana en sortant de la bibliothèque la tête haute.

Cette dernière fit un autre pas en arrière. Elle ne

pouvait décidément pas se fier à son corps pour ne pas fondre directement dans les bras de l'ennemi.

— Je n'ai pas le temps pour... *cela*, murmura-t-elle.

— Vous n'avez pas le temps de...

Il leva les bras en l'air.

— Pensez-vous que je n'ai rien d'autre à faire de ma journée que de dénicher des prétendants pour des demoiselles récalcitrantes ? J'ai les finances royales...

— Je suis occupée, moi aussi, l'interrompit-elle avec chaleur.

— ... et le Fonds consolidé à prendre en considération...

— Cela fonctionnerait mieux si des fonds pouvaient être affectés aux travaux publics.

— ... l'harmonisation entre les commerçants en matière de calibrage des produits...

— Si les grands esprits extrêmement occupés et éminemment importants de la Chambre des Lords passaient autant de temps sur les calculs logiques qu'en compagnie de leurs maîtresses, peut-être que l'Angleterre pourrait standardiser ses unités au lieu de jongler avec vingt-sept définitions du « boisseau », par exemple. Sans parler du bec, du jigger, du pottle, du fût...

— C'est pourtant ainsi que les mesures *fonctionnent*.

Il fronça les sourcils.

— À vous écouter, vous abandonneriez les yards pour les mètres.

— Napoléon aussi se moquait de cette mesure, lui dit-elle, mais il a changé d'avis quand il a constaté son efficacité. Si plusieurs pays en ont vu l'intérêt après le Congrès de Vienne, il serait peut-être judicieux pour l'Angleterre de l'envisager...

— Cela n'arrivera jamais.

Il croisa les bras sur son torse musclé.

— Si vous saviez combien je me suis battu avant qu'ils ne votent cet acte destiné à empêcher l'usage de fausses mesures...

— C'est vous qui êtes à l'origine de la loi sur les poids et mesures de 1815 ? demanda-t-elle avec incrédulité. Dix-huit ans se sont écoulés depuis la dernière fois que quelqu'un...

— Je sais. J'étais là. Non, il n'y avait pas que moi. C'était un comité. Avez-vous une idée du nombre d'actes que la Chambre des Lords adopte chaque année ?

— Cent quarante-deux l'année dernière, cent quatre-vingt-deux l'an passé, et cent soixante-deux celui d'avant, répondit Diana par réflexe, même si son esprit n'était pas tourné vers le passé, mais plutôt vers l'avenir.

Colehaven se passa une main dans les cheveux et lui lança un regard de côté.

— Sommes-nous vraiment en train de nous disputer au sujet de la standardisation des poids et mesures ?

Non, comme Diana s'en rendit compte, un peu abasourdie. Elle avait fini de se disputer et n'avait aucune intention de rester là, à ne rien faire.

Le duc n'était manifestement pas un dandy à la tête vide. Qu'il en ait conscience ou pas, les causes pour lesquelles il se battait étaient les mêmes que les siennes. Non seulement était-il assez intelligent pour comprendre les subtilités du jeu d'échecs, mais c'était un champion des faits et de la raison.

En ce qui concernait la réforme des systèmes de mesure irréguliers, il avait personnellement contribué à faire apparaître les premiers signes de progrès en près de deux décennies. Mais il restait encore beaucoup à faire. Un sourire discret monta aux lèvres de Diana.

Le duc de Colehaven était bien plus qu'un empêcheur de tourner en rond.

Il représentait son ticket d'entrée.

CHAPITRE 6

*L*orsqu'elle avait quitté le duc de Colehaven la veille au soir, Diana n'avait pas encore de plan.

Elle était très rarement prise au dépourvu. L'étrange sentiment de *ne pas savoir* la perturbait et la frustrait. Avait-il vraiment envisagé de l'embrasser ? Ou était-ce juste une autre façon pour lui de démontrer le pouvoir qu'il pouvait exercer ?

Diana secoua la tête. Les baisers n'avaient pas d'importance, même si ses rêves fébriles cherchaient parfois à démontrer le contraire. Ce qui comptait, c'était qu'elle avait fait la connaissance d'une personne capable de faire des lois pour assurer une plus grande équité à tous les citoyens.

Certes, il ne voyait pas encore les choses de son point de vue, et ils étaient partis du mauvais pied, tous les deux. Une situation qu'il faudrait rectifier si elle avait l'intention qu'il s'ouvre à sa contribution.

Pas à son *opinion*, notez bien. Diana n'était pas du genre à émettre des avis à la légère ni à laisser son bon sens se faire influencer par un facteur aussi versatile que les émotions.

Elle se fiait aux observations empiriques, aux enquêtes de terrain, aux détails minutieusement recueillis et aux faits avérés. Ce qui en ressortait, c'était que le peuple anglais se faisait escroquer quotidiennement. Parfois à cause d'agents corrompus, et parfois par pure ignorance.

Tout cela pouvait si facilement être évité, cependant. Un système uniforme de mesures, associé à une surveillance gouvernementale et à une application cohérente des...

— La mesure est bonne ? demanda le commerçant soucieux devant elle.

— Oui, répondit rapidement Diana, le rassurant avec un sourire tout en rassemblant ses outils dans son panier, où se trouvaient déjà son journal et un déguisement de rechange. Merci de vous conformer à la loi.

L'homme écarquilla les yeux.

— C'est la moindre des choses.

Si seulement tous ses concurrents partageaient la même intégrité.

Non, rectifia Diana en prenant congé du commerçant. Si seulement il était *plus facile* pour les gens ordinaires d'adhérer à des normes cohérentes.

Si elle était membre de la Chambre des Lords, la première loi qu'elle préconiserait au Parlement serait une révision complète des poids et mesures actuels. Le système était trop opaque pour être appliqué, trop illogique pour être compris du plus grand nombre. Des mesures simples et homogènes garantiraient l'équité pour tous.

Mais Diana n'était pas un Lord. Elle n'était personne ;

une célibataire dont le statut et le sexe l'empêchaient de défendre ses propres causes et de proposer directement ses idées. Tout ce qu'elle pouvait offrir à ses concitoyens, c'étaient des inspections subreptices et des lettres anonymes.

Qu'il en soit ainsi. Elle resterait à jamais un agent secret de l'ombre, pourvu qu'elle puisse continuer à faire une vraie différence.

Elle sortit de la boutique, émergeant dans la rue. Il faisait plus chaud que la veille, ce qui avait changé en boue la fine couche de neige. Son bonnet et son manteau quelconques s'harmonisaient parfaitement. Un ou deux arrêts de plus, et elle serait rentrée bien avant que son cousin ne se réveille.

En se tournant vers St James, elle aperçut une silhouette familière.

Diana ne put réprimer un sourire à la vue de Felicity Sutton. Pour la sœur d'un duc, cette femme était un imbroglio de contradictions. Élégante et impertinente, populaire et libérale.

La jeune femme prétendait préférer la solitude de la bibliothèque au tourbillon d'une valse, mais elle ne regardait pas à la dépense en matière de toilette, à en juger par la tenue qu'elle portait et que Diana avait entrevue à peine six semaines plus tôt dans les gravures de mode des collections parisiennes.

Diana troqua son bonnet douillet d'« inspectrice des mesures » contre la coiffe de rechange bariolée qui se trouvait dans son panier. Sa profusion de fleurs en soie et de plumes alambiquées était un déguisement à part entière. Avec cette pièce de collection sur la tête, personne ne remarquerait le reste de sa tenue, terne et insipide.

Elle noua le ruban sous son menton, puis se tourna vers Lady Felicity. Quelques instants plus tard, la jeune femme arrivait à sa hauteur.

Les yeux de Lady Felicity s'illuminèrent aussitôt.

— Mademoiselle Middleton ! Quel plaisir de vous voir.

— Tout le plaisir est pour moi.

À plus d'un titre.

La robe de ville à la dernière mode de Lady Felicity était tout en mousseline à motifs vert clair avec un ourlet brodé d'un intense vert sapin. Le genre de robe que Diana rêverait de porter. La veste spencer assortie de Lady Felicity s'adaptait parfaitement à sa silhouette et son élégant chapeau ajoutait une touche de piquant à l'ensemble. Elle était magnifique.

Diana regrettait de ne pas être, elle aussi, une telle gravure de mode ambulante. Mais ce n'était pas un fantasme auquel elle pouvait se livrer.

Elle ne mettrait jamais en péril sa capacité à se fondre dans la masse en tant que secrétaire pressée d'un avocat anonyme. Elle ne pouvait pas non plus risquer d'être perçue comme une demoiselle aisée à marier. Un époux mettrait un terme à ses activités annexes encore plus vite qu'un déguisement raté.

— Vous devez être une lève-tôt, dit-elle.

En cinq ans de missions clandestines, c'était la première fois qu'elle croisait un membre de l'aristocratie debout à une heure aussi matinale, surtout à faire ses emplettes.

— Ce n'est pas moi, répondit Lady Felicity en riant. Mon frère s'est mis dans la tête que je passais trop de temps à « me cacher » et il a pris la décision de me traîner partout où il va. Sauf dans sa taverne, bien sûr. Seules les femmes de mauvaise vie osent y entrer.

Diana lui adressa un sourire compatissant.

— Il ressemble beaucoup à mon cousin. Je me passerais bien d'assister aux événements de la haute société si Thaddeus ne me jetait pas sur son épaule pour m'y emmener comme si j'étais...

Sa bonne humeur céda soudain la place à une certaine appréhension.

— Attendez, vous avez dit votre frère ? Le duc de Colehaven est ici ?

— À marchander du houblon au coin de la rue. Ce n'est pas pour le prix, Cole pourrait faire de la bière en or s'il le souhaitait, mais il semblerait qu'un magicien à la main verte ait réussi à faire pousser une sorte de délicieux cépage rarissime dont il refuse de se départir à n'importe quel prix. Cela dit, je vous en fiche mon billet, même si les négociations se déroulent bien, dès que mon frère remarquera ma disparition, il...

— Felicity Sutton, tonna soudain une voix grave et familière. Je ne sais pas ce qui me retient de...

Il s'interrompit en découvrant la compagne de sa sœur.

Diana agita les doigts en guise de salutation avant de s'empresser de cacher ses mains. Elle portait encore ses gants de travail et non les gants de luxe que son cousin lui avait achetés. Le mieux était de garder son attention sur son visage et son chapeau ridicule, puis de couper court à la conversation le plus tôt possible.

Et ce, même si elle avait envie d'admirer Colehaven toute la journée.

Ses larges épaules étaient à peine contenues dans son

manteau de surfin gris. Ses cheveux foncés dépassaient de sous son chapeau de manière enfantine et ses yeux noisette toujours aussi espiègles brillaient avec franchise. Diana n'aurait pas pu détourner le regard même si elle l'avait voulu.

— Mademoiselle Middleton, murmura-t-il avec un élégant rond de jambe.

Avec un temps de retard, elle répondit par une révérence.

— Votre Grâce.

Il ne semblait pas avoir remarqué l'exubérance de sa coiffe ni l'oubli délibéré de tous les autres apparats traditionnels. Il ne semblait même pas s'intéresser à ses vêtements. Son regard chaud et sombre était exclusivement concentré sur sa lèvre inférieure, qu'elle s'était remise à ronger nerveusement.

Immédiatement, elle se ressaisit.

Il ne releva pas tout de suite les yeux. Lorsque ses iris noisette surmontés de longs cils rencontrèrent enfin les siens, leur sensualité laissait entendre que lui aussi avait perdu de précieuses heures de sommeil à se demander ce qui aurait pu se passer si leurs lèvres avaient pu se toucher, la veille au soir.

Sa peau s'embrasa et elle jeta un coup d'œil furtif au loin pour s'efforcer d'apaiser les battements frénétiques de son cœur. Il ne fallait pas qu'il se doute de l'effet qu'il avait sur elle. Elle devait enfermer cette partie d'elle-même avec le reste.

Lorsqu'elle s'était engagée dans cette voie, Diana savait qu'elle aurait à choisir entre deux vies très différentes. Elle pouvait être une jeune femme à la mode, avec de beaux messieurs de la haute société et rien de plus urgent à faire que de se boucler les cheveux à temps pour faire une apparition chez Almack...

Ou bien, elle pouvait se retirer complètement de ce monde, choisissant plutôt d'apporter son aide aux citoyens ordinaires, pour qui le shilling de différence à cause d'un outil de mesure trompeur était la somme qui leur permettait de manger ou de se procurer des bougies pour y voir le soir.

Diana avait fait le bon choix. Elle resterait fidèle à ses convictions.

— Vous serez à la soirée des Ridding demain soir, j'espère ? s'enquit Colehaven.

— Tout dépend.

Diana se mordit la lèvre. Quelle que soit la raison de l'intérêt soudain du duc pour la marier, il fallait que cela cesse.

— Y serez-vous ?

Colehaven plissa les yeux.

— Curieusement, je soupçonne ma présence d'assurer votre absence...

— Il faut croire que vous n'êtes pas le simplet pour lequel je vous prenais.

Felicity pouffa derrière sa main gantée de soie et feignit un grand intérêt pour une vitrine de brosses à cheveux pour hommes.

— Oh, mais ce sont... des poils de sanglier ? Veuillez m'excuser pendant que je regarde de plus près.

Diana la suivit du regard. Bon sang, elle était censée emmener son frère lorsqu'elle partirait, et non les laisser seuls tous les deux.

Colehaven fit un pas de plus.

— Où est votre chaperon ?

D'un geste vague, Diana désigna la boutique derrière elle. Ce n'était pas le moment d'admettre qu'elle n'était accompagnée de personne dans le but d'entretenir une fausse identité.

— Pourquoi vous souciez-vous tant de ce que je fais ?

— J'ai l'intention de vous trouver un époux, répondit-il, la surprenant par son honnêteté. La tâche devient encore plus ardue si vous mettez à mal votre réputation avant même qu'un prétendant ne se fasse connaître.

— Vous pouvez annuler votre recherche.

Elle croisa les bras sous sa poitrine.

— Je ne sais pas pourquoi vous avez décidé de vous mêler de mes affaires, mais je n'ai pas besoin de vos services.

Il se renfrogna.

— Dixit la demoiselle tapisserie que personne ne se rappelle avoir jamais vue sur la piste de danse.

Diana se sentirait mieux si ses amis et lui ne se rappelaient l'avoir jamais vue nulle part.

— Je ne suis pas intéressée, assena-t-elle.

— Bien sûr que si, déclara-t-il avec exaspération. Toutes les jeunes femmes espèrent trouver un beau parti. Plus vous attendrez, plus cela deviendra difficile.

Précisément. Diana eut un petit sourire. Dans un an ou deux, elle quitterait définitivement la scène des cœurs à prendre, et de telles conversations deviendraient hors de propos.

Colehaven secoua la tête, comme s'il n'y avait rien d'aussi déchirant que l'idée qu'elle devienne une vieille fille sans attaches, avec la liberté de vivre comme elle l'entendait.

— Vous n'avez pas de fortune indépendante pour

assurer votre avenir, reprit-il à mi-voix. Il n'y a pas de honte à accepter de l'aide. Je parie que vous épouserez l'homme que je choisirai, et même avec bonheur.

— Je prends ce pari, fit Diana en relevant le menton. Je n'épouserai personne, et encore moins le prétendant que *vous* aurez choisi pour moi.

Aussitôt, elle se reprocha ses paroles. Elle ne comptait pas admettre son intention de rester célibataire. Elle risquait trop de se singulariser. Le duc avait raison, un bon mariage était l'obsession de toutes les autres jeunes femmes de la connaissance de Diana. C'était bien souvent la seule façon de s'assurer un avenir confortable.

— Je suis bien placé pour vous aider, poursuivit Colehaven. Je connais absolument tout le monde dans l'aristocratie. Si vous pouviez me donner un indice quant à ce que vous voulez...

— Que *vous* abandonniez ce complot à mes dépens, répondit-elle du tac au tac.

Un mari serait la pire sorte d'entrave. Il détiendrait tout pouvoir, dans tous les sens du terme. Ce qui signifiait qu'elle devait se tenir le plus loin possible de l'autel. Quelle que soit la douleur qui lui oppressait la poitrine lorsqu'elle songeait à la vie à laquelle elle renonçait.

Cependant, elle n'était pas contrainte de *tout* abandonner. Le fait de ne pas avoir de mari pour partager sa couche ne signifiait pas qu'elle ne la partagerait avec personne. Comme elle ne se réservait pas pour le mariage, sa « vertu » – ou, en l'occurrence, ce qu'elle en faisait – ne regardait qu'elle et elle pouvait vivre comme bon lui semblerait.

— Vous conviendrez certainement qu'un mari offre *certains* avantages, déclara Colehaven.

Sans doute n'avait-il pas eu l'intention de lui provoquer des frissons avec ce commentaire. La pensée d'une intimité charnelle combinée à sa proximité enivrante était presque trop lourde à supporter. Elle pouvait à peine le regarder sans se demander comment elle ressentirait son baiser et ce que ses mains pourraient lui faire. Il n'était pas nécessaire d'*épouser* un homme pour assouvir l'appel du désir.

Avec d'autres que *lui*, s'empressa de se rappeler Diana. Et pas de grands bourgeois. Ils avaient trop de règles, trop d'attentes. Le duc de Colehaven pourrait bien être le plus dangereux de tous.

— Je prendrai en considération vos réflexions sur le mariage, répondit-elle à haute voix, si vous acceptez mes suggestions pour améliorer le système actuel de poids et mesures.

Il la regardait comme si elle venait de tenir des propos incohérents.

— Une uniformisation au lieu de l'amalgame actuel, précisa-t-elle. Il est grand temps de simplifier et de normaliser.

— Oui, oui, l'interrompit-il avec humeur. Je me souviens de chaque mot de votre argumentaire. Mais cela ne convaincra personne de passer des yards aux mètres. Essayez plutôt de vous concentrer sur le sujet en question.

Diana était plus concentrée que jamais.

Ainsi, il se remémorait chaque mot de son argumentaire ? Elle aurait pourtant juré qu'il n'y prêtait aucune attention. Son rêve de se faire entendre au Parlement lui paraissait soudain plus accessible, à défaut d'être aisément réalisable. Elle pencha la tête et le dévisagea derechef.

Alors qu'il suffisait à la plupart des femmes d'un seul

regard sur ses yeux noisette et sensuels pour rêver de devenir sa duchesse, Diana souhaitait devenir bien plus : une *collègue*, une personne de référence, une source fiable. Quand le duc élaborerait des lois pour les citoyens d'Angleterre, elle voulait être la petite voix au fond de son esprit.

— Cole, lança soudain sa sœur. Nous pourrions aller déguster des crèmes glacées chez Gunter !

— *Non*, répondit Diana sans attendre. Bien sûr, j'apprécie cette idée, mais mon cousin et moi avons d'autres projets.

Colehaven s'inclina.

— Peut-être la prochaine fois.

La prochaine fois.

L'espoir l'envahit alors qu'il s'éloignait avec sa sœur. Diana pressa les mains sur sa poitrine. Au lieu de passer ses nuits à rédiger des lettres anonymes qui ne recevaient jamais de réponses, quel effet cela aurait-il d'avoir un député qui l'écoutait et tenait compte de son point de vue ?

Elle poussa un long soupir. Un Lord puissant attentif aux conseils d'une femme ordinaire était une situation si invraisemblable qu'elle en était presque fantaisiste. Cependant, même l'infime possibilité d'être prise au sérieux *telle qu'elle était* dépassait ses rêves les plus fous.

Mais comment accomplir un tel exploit ? Elle ignorait comment gagner son écoute, sans parler de sa confiance. Malgré cela, un sourire dansait sur ses lèvres.

C'était l'occasion parfaite pour une petite reconnaissance.

CHAPITRE 7

Au cours de l'heure qui suivit, Diana se présenta à la porte de service de la taverne *Le Duc Fringant*, après quelques ajustements mineurs.

Sa coiffe tape-à-l'œil avait disparu. Plutôt que de revenir à sa tenue d'inspectrice des mesures, elle avait arrangé ses cheveux sous une charlotte et noué un tablier autour de sa taille, de sorte que sa dentelle caractéristique dépassait sous l'ourlet de son manteau quelconque. Après avoir jeté un châle à franges sur ses épaules, Diana prit son panier et s'apprêta à infiltrer le repaire du duc de Colehaven.

Son excitation était palpable. Sans frapper à la porte à demi ouverte des domestiques, elle entra.

Des bruits de vaisselle et des rires étouffés emplissaient ce qui semblait être la cuisine principale. Deux garçons lavaient et séchaient les assiettes et les tasses, tandis qu'un trio de femmes préparait des plats aux arômes alléchants sur le feu de la cuisinière. À droite s'ouvrait une arrière-cuisine bien garnie. À gauche, une brasserie. Diana se glissa à l'intérieur.

À l'exception du chaudron en cuivre, la plupart des équipements étaient fabriqués en bois fin. Un jeune homme concassait de l'orge maltée dans un coin, tandis qu'un autre la broyait dans un tonneau. De l'autre côté de la salle, un brasseur remuait le contenu de la cuve de cuivre.

— Jimmy, la levure ! cria-t-il.

Les deux garçons levèrent avec surprise les yeux de leurs tâches. Soit aucun d'eux n'était Jimmy, soit ils étaient encore trop novices pour distinguer le houblon de la levure.

— Jimmy, reprit le brasseur sans lever la tête. La levure, *tout de suite*.

Les deux jeunes hommes ne bougèrent pas d'un muscle.

Diana se rapprocha.

— Où est Jimmy ? chuchota-t-elle.

— Au chevet de sa mère, répondit l'un des garçons à voix basse. Elle a glissé sur une plaque de verglas. Il a peur de perdre son poste si le maître l'apprend. Alors, nous essayons de le couvrir.

— C'est bien, murmura Diana.

Il fallait veiller sur les mères, tout comme sur les amis.

Mais la bière n'allait pas se brasser toute seule.

Elle jeta un coup d'œil dans la salle à la recherche de la levure requise. Puis, prenant soin de garder son visage dissimulé sous le bord de sa charlotte, elle s'empressa de l'apporter au brasseur pour la lui remettre en silence.

Il l'accepta en grognant sans même lui accorder un regard.

Diana sourit à part elle. Apparemment, les domestiques étaient aussi inexistants dans les tavernes que dans les échoppes voisines.

Bien sûr, elle n'était pas assez téméraire pour s'aventurer autour des tables. Même si son cousin était à la maison et que le duc de Colehaven était parti chaperonner sa sœur, le risque n'en valait pas la peine.

D'ailleurs, elle n'avait pas infiltré l'établissement pour juger sa clientèle, mais plutôt pour rechercher son propriétaire.

Si Diana avait appris quelque chose au cours de ses cinq années d'enquêtes de terrain, c'était que la vérité d'un homme ne résidait pas dans sa personnalité publique, mais plutôt dans la façon dont il menait ses affaires. Elle avait envie de sortir son carnet de son panier pour griffonner ses impressions tout en conduisant son inspection.

Jusqu'à présent, Diana avait toutes les raisons d'être impressionnée. À l'exception de Jimmy, chaque employé répondait à l'appel et accomplissait son travail de manière admirable. Les étagères étaient bien garnies et organisées, chaque poste étant conçu pour une fonction ou une tâche spécifique.

Elle jeta un œil aux deux servantes qui entrèrent, vraisemblablement de retour du marché. Avec une grande efficacité, elles posèrent leurs lourds paniers sur une table de cuisine étroite et entreprirent d'en décharger leurs légumes.

L'une d'elles fronça les sourcils en voyant Diana.

— Qui êtes-vous ?

— Madame Flanders, improvisa-t-elle avec conviction, comme si cela répondait à la question.

Haussant les sourcils, elle enchaîna par une question :

— Avez-vous pu acheter toutes les provisions nécessaires ?

La femme acquiesça, son esprit clairement tourné vers d'autres préoccupations.

— Comme d'habitude, en plus de celles pour ce soir.

— Qu'y a-t-il ce soir ? s'enquit Diana.

À présent que les cuisinières supposaient qu'elle était chargée d'inspecter les lieux, elle ne pouvait pas laisser passer une si belle occasion.

La femme la regarda comme si elle avait perdu la tête.

— Bacon écossais, veau, canard rôti, ragoût de céleri, ris de veau, petits pois et pâtés. Nous sommes jeudi.

— Bien sûr, murmura Diana.

La plus âgée des deux poussa un carré de parchemin dans sa direction.

— Vérifiez vous-même.

Diana accepta le document.

Immédiatement, elle sortit ses poids et ses balances de son panier et les déposa sur la table. Un par un, elle pesa chacun des achats et compara les résultats avec le poids attendu indiqué sur le papier.

La plupart des éléments étaient parfaitement équilibrés.

Trois d'entre eux, en revanche, différaient.

— Où avez-vous trouvé cette crème ? demanda-t-elle. Et cette orge ? Et ces pois ?

La jeune domestique retourna le papier pour révéler une carte grossière, au verso.

— Tout ne s'y trouve pas toujours, mais ils ont les meilleurs pois, fit-elle en indiquant un petit X. Et eux, la meilleure orge, ajouta-t-elle en déplaçant son doigt sur la carte. Ici, vous avez la crème la moins chère.

Pas étonnant que la crème soit peu coûteuse. Le vendeur avait donné à la bonne une petite mesure, soit en plaçant discrètement un doigt sur la balance, soit en utilisant un outil délibérément mal calibré.

Les pois aussi s'avéraient moins lourds que prévu, mais l'orge, en revanche, était légèrement au-dessus. Soit le vendeur s'était montré généreux envers deux jolies servantes, soit il se lésait lui-même sans en avoir conscience.

Diana recopia la carte dans son journal, y ajoutant les annotations appropriées. Elle veillerait à inclure chacun de ces marchands lors de sa prochaine tournée. Même si le duc de Colehaven s'avérait être le genre d'homme avec lequel une femme pouvait discuter de la répartition des poids et de la précision mathématique, Diana ne pouvait pas permettre que lui ou son personnel de cuisine se fassent escroquer d'un seul pois.

Elle rendit le document aux servantes au moment même où de grands éclats de rire retentissaient de l'autre côté de la taverne.

— Il doit être midi, murmura la plus âgée des deux sans même jeter un coup d'œil à l'horloge.

L'autre hocha la tête.

— L'affluence commence dès onze heures et demie.

— Leurs Grâces seront là dans l'heure, renchérit la première en désignant les céleris. Commence donc à découper.

Alarmée, Diana se redressa vivement.

Leurs Grâces ne pouvaient faire référence qu'aux propriétaires de la taverne, les ducs fringants qui lui avaient donné leur nom : Colehaven et Eastleigh. Diana n'avait jamais rencontré le duc d'Eastleigh, mais elle ne pouvait pas risquer d'être encore présente à l'arrivée de Colehaven.

Pourtant, il lui était impossible de résister aux voix qui se déversaient par la porte ouverte menant des cuisines à la salle principale. Elle ne voulait pas venir deux fois. C'était sa dernière chance d'observer d'elle-même le type de clientèle qui se pressait dans l'établissement.

Prenant soin de rester hors de vue, elle s'approcha de la porte ouverte et tendit l'oreille.

— Je ne suis pas d'accord, tonnait une voix masculine. Indexer la livre sterling à l'or aura été l'acte le plus sage que le Parlement a pris l'année passée.

Diana cligna des paupières. Ce n'étaient certainement pas les conversations d'ivrognes auxquelles elle s'attendait.

— Il ne faut pas que Colehaven t'entende, répondit un autre. Cela le rendrait encore plus orgueilleux.

— C'est l'une de ses œuvres ? reprit le premier homme.

— Au sein du comité, confirma un troisième. Vous ne vous rappelez pas, quand il restait à peine le temps de boire une pinte avant d'aller s'enfermer dans son bureau pour réécrire les projets ?

— Non, s'esclaffa le premier. Moi, je buvais *mes* pintes, alors je ne me souviens de rien.

Des verres s'entrechoquèrent.

Avec un petit sourire, Diana secoua la tête et tourna les talons pour s'en aller.

— Vous croyez qu'il va trouver un époux à cette petite Middleton ? fit soudain une autre voix.

À ces mots, Diana se figea sur place.

— Il est en bonne voie. De plus, il paraît qu'elle n'est pas vilaine, quand on a la chance de la voir.

— Peut-être, dit un autre. Mais Thaddeus n'a-t-il pas assuré qu'elle était presque impossible à marier ?

— Ce n'est pas « presque », rectifia son ami. *Impossible* tout court.

Diana en eut le vertige au point que sa tête lui tournait. *Thad* avait dit cela ? Son estomac se noua. Il n'était pas seulement son tuteur. Il était son cousin et son seul ami. Tout le monde les considérait comme frère et sœur. En tout cas, Diana l'aimait comme un frère.

Et il était impatient de se débarrasser d'elle ?

— En effet, reprit un autre. Mais Colehaven n'aurait pas accepté le projet s'il n'était pas certain d'en sortir gagnant. J'imagine qu'il a tout une série de prétendants potentiels en tête.

Une boule lui lestait le ventre. Ce qu'elle apprenait était de pire en pire chaque seconde.

— Tu dois avoir raison, conclut le premier. Colehaven rédige certainement le contrat de mariage au moment où nous parlons.

Ses doigts tremblants formèrent des poings rageurs. Au diable les prétendants potentiels du duc et le peu d'estime que lui accordait son propre cousin. Elle n'était le pion d'aucun homme.

Diana n'allait certainement pas se marier contre son gré parce qu'un duc obstiné croyait savoir mieux qu'elle ce qu'elle désirait. À moins qu'il ne se soucie même pas de ses désirs. Elle ne représentait qu'un pari, un autre trophée sur sa belle série de victoires.

Sans un mot, elle quitta les cuisines et se dirigea vers l'extérieur, dans la lumière du jour. Un sourire froid lui vint aux lèvres.

Le duc de Colehaven se croyait capable de jouer les

marionnettistes avec sa vie ? Il avait largement sous-estimé son adversaire.

Ce serait Diana qui tirerait les ficelles.

CHAPITRE 8

*ole franchit l'entrée principale du *Duc Fringant*, le front soucieux, absorbé dans ses pensées.

— Colehaven ! tonnèrent des voix à l'unisson, accompagnées du tintement d'une dizaine de verres.

Il prit sa place habituelle au sein du groupe, mais à vrai dire, peu de choses dans sa vie en ce moment lui semblaient encore habituelles. Il ne voulait même pas que le tavernier fasse glisser une bière mousseuse dans sa direction. Au lieu de boire, Cole regarda la chope monogrammée en silence.

— Tu en fais une tête, commenta Jack Barrett. Ta sœur a encore abîmé ton cabriolet ?

— Pire, railla Giles Langford. Il a été renvoyé du Comité sur la Plantation adéquate des pruniers.

En fait, Cole aurait bien aimé faire partie d'un comité sur les pruniers. Peut-être son cerveau aurait-il alors quelque chose de productif à ruminer, plutôt que de rejouer chacun de ses échanges exaspérants avec Diana Middleton.

Lorsque Thad avait affirmé que sa pupille était impossible à marier, Cole avait supposé que son manque de succès était dû à un visage ingrat, à un esprit trop lent ou à une sorte de maladresse qui en faisait une partenaire de danse indésirable. Les jeunes chiens fous étaient souvent superficiels dans leurs exigences en matière d'épouse.

Mais cette demoiselle était belle, intelligente, sûre d'elle, et à vrai dire, sûre d'à peu près tout. Si elle n'avait toujours pas de prétendants, Cole la soupçonnait maintenant de les avoir effarouchés de son plein gré.

— Eh bien ? lança Eastleigh.

— Diana Middleton, marmonna Cole, portant la bière à ses lèvres avant que l'on ne puisse lui demander de plus amples explications.

— Est-il en train de perdre ? s'exclama quelqu'un, incrédule.

— Vérifiez le livre des comptes, renchérit un autre, visiblement ravi. J'ai misé dix livres sur sa déveine !

— Je ne *perds* pas, déclara Cole en posant sa bière. J'ai jusqu'à la fin de la saison, qui, vous vous en souvenez peut-être, n'a commencé que cette semaine.

— Oui, il perd, chuchota Eastleigh sans grande discrétion, pour le plus grand plaisir de l'assistance.

Cole dévisagea son meilleur ami, qui fit tinter sa chope contre la sienne.

— À la tienne. Que toutes les femmes de ta vie ne te laissent jamais un instant de répit.

— Que celle qui s'est enfuie retrouve son chemin, fit Cole.

Eastleigh s'étouffa avec sa bière.

— Une autre tournée ! s'écria Langford.

— Et un bavoir pour Eastleigh, lui répondit-on.

Tout le monde éclata de rire, une fois de plus, y compris Cole. Il ne pouvait pas s'en empêcher. Peu importe ce qui se passait dans le monde extérieur, *Le Duc Fringant* le mettait toujours de bonne humeur.

La taverne était plus qu'un simple havre de paix où tout le monde l'appelait par son prénom et se réjouissait de le voir chaque fois qu'il franchissait le seuil. Il appréciait la compagnie de ces joyeux drilles depuis des années. Il les connaissait, et eux aussi. C'était un plaisir simple, mais Cole y trouvait un grand réconfort.

À Oxford, il s'était lié avec un groupe de jeunes gens versatiles comme Janus, qui se moquaient de lui derrière son dos à la moindre occasion. Tout contribuait à le distinguer du reste du groupe : son accent, la moindre qualité de ses vêtements, son absence de réactions, parfois, lorsqu'on l'appelait par son nouveau titre, avant qu'il ne comprenne que « Votre Grâce » se référait à *lui*. Pour tous ces gens, il n'était qu'un objet de dérision.

Sa rencontre avec Eastleigh et ses amis actuels avait tout changé.

Soudain, Cole s'était retrouvé en compagnie de garçons dont la personnalité correspondait en tout point à ce qu'ils en montraient. Des fripons, tous jusqu'au dernier. Cole et Eastleigh étaient les pires d'entre eux. Francs, honnêtes et résolument espiègles, ils n'avaient pas usurpé leur surnom de « ducs fringants » et se montraient à la hauteur de leur réputation. Non seulement par leur comportement de gentlemen sacripants, mais aussi par leur réussite insolente sur les bancs de l'université comme en dehors.

Il s'était juré de ne plus jamais perdre de temps avec des hypocrites à deux visages.

Cole ne se rappelait même plus qui les avait mis au défi d'ouvrir leur propre taverne et de lui donner le nom de *Duc Fringant*, mais il se félicitait de l'avoir fait. Le pub sans prétention avait réussi bien au-delà de leurs attentes.

— Au *Duc Fringant*, dit-il en brandissant sa chope.

— Au *Duc Fringant* ! lui répondirent ses amis en chœur.

Cole sourit et prit une gorgée de bière.

— Que vas-tu faire de Mademoiselle Middleton ? murmura Eastleigh.

Des lèvres pulpeuses et roses et une paire d'yeux bleus taquins l'emplirent d'une envie soudaine.

— Rien, parvint-il à répondre, incapable d'effacer de son esprit cette image si alléchante. Lui trouver un mari.

— Tu as dû préparer une liste de candidats.

Cole leva sa bière plutôt que de répondre.

En réalité, il n'avait pas préparé de liste. D'ailleurs, l'idée qu'elle ouvre ses bras à un autre homme lui hérissait les cheveux sur la tête.

— Tous les hommes ne sont pas égaux, murmura-t-il. Je dois m'assurer que l'heureux élu en soit digne.

Eastleigh eut un reniflement sarcastique.

— Tu es censé lui trouver un bon parti, pas attendre qu'un prince de conte de fées vienne l'emmener dans son château.

Cole se doutait qu'il n'aimerait pas non plus l'éventualité d'un prince de conte de fées. Non que cela ait une quelconque importance. Après tout, il avait relevé le pari et il jouait pour gagner.

Il trouverait chaussure au pied de Diana Middleton.

CHAPITRE 9

*L*ors de la soirée chez les Ridding, le lendemain soir, Diana se plaqua comme à son habitude le long du mur le plus éloigné de la piste de danse. Les lambris en bois de chêne l'empêchaient de se fondre véritablement dans le décor, mais elle avait pris soin d'opter pour une robe dont la couleur bleu clair s'harmonisait parfaitement avec les tapisseries murales.

Diana s'apprêta à une autre longue soirée d'invisibilité. Elle ne s'était jamais ennuyée, en revanche. Grâce à l'analyse des notes de son journal, son esprit restait occupé. Les soirées lui offraient aussi de merveilleuses occasions d'observer les échanges sociaux sans se faire remarquer.

Du moins, jusqu'à présent.

À la surprise de Diana, les lambris s'enfonçaient dans sa colonne vertébrale depuis tout juste un quart d'heure lorsque trois jeunes élégantes se dirigèrent tout droit vers son coin tranquille, Felicity Sutton en tête.

— Ne goûtez *pas* à la limonade, chuchota Lady Felicity en tendant un verre de sherry à Diana. À moins que vous n'aimiez l'acidité du jus de citron non dilué sans le moindre soupçon de sucre.

Diana cligna des paupières.

— Je...

Lady Felicity désigna alors la jeune femme sur sa droite.

— Voici Lady Viola Fairfax. Nos frères sont propriétaire du *Duc Fringant*, mais je vous en prie, ne nous en tenez pas rigueur.

Puis elle fit un geste vers sa gauche.

— Je vous présente Mademoiselle Priscilla Weatherby. Figurez-vous que son perroquet est capable de jurer en trois langues.

Elle sourit à ses amies.

— Vi et Pris, voici Mademoiselle Diana Middleton. Je l'ai vue passer un savon à Colehaven et je ne me lasse pas de raconter cette histoire. C'est l'une des nôtres.

La gorge de Diana se noua. Elle n'avait jamais eu de groupe à qui appartenir. Cette sensation était presque étourdissante.

Même si la dernière chose dont elle avait besoin était un plus grand nombre d'aristocrates susceptibles de la reconnaître, Diana ne pouvait s'empêcher d'éprouver une certaine nostalgie au creux du ventre à la perspective d'avoir des amis. De faire partie d'un « nous ».

— Comment allez-vous ? bredouilla-t-elle avec un temps de retard.

Maintenant qu'elles l'avaient rencontrée, autant ne pas attirer davantage l'attention. Elle devait se présenter comme ordinaire, ennuyeuse, sans intérêt. Dans quelques jours, quelque chose de plus intéressant les détournerait d'elle et Diana retrouverait son rôle de tapisserie.

— Avez-vous des projets pour demain après-midi ? lui demanda Lady Felicity. Nous allons à Bond Street pour acheter des gants neufs, puis au parc faire du patin à glace.

— S'il ne pleut pas, précisa Lady Viola.

Lady Felicity acquiesça.

— S'il pleut, je passerai tout l'après-midi devant un feu de cheminée avec un chocolat chaud et mon roman, *Glenarvon*. J'ai presque deviné la véritable identité de chacun des personnages.

Lady Viola fit grise mine.

— Pour les commérages, ce n'est pas idéal.

— C'est pourtant une lecture délicieuse, reprit Lady Felicity avec un sourire impénitent. Moi qui croyais être un garçon manqué, je me rends compte que j'ai du travail si j'espère un jour avoir ma satire dans un roman gothique.

Mademoiselle Weatherby s'étrangla de rire.

— Si Colehaven t'entendait...

— Je lâcherais Mademoiselle Middleton sur lui.

Lady Felicity adressa à Diana un clin d'œil conspirateur.

— Il ne l'effraie pas du tout.

Une tempête d'émotions contradictoires faisait rage dans la poitrine de Diana. Elle désirait ardemment faire partie d'un groupe aussi pétillant et débonnaire, faire du patin à glace, des emplettes bras dessus bras dessous, échanger des livres et glousser sur des plaisanteries privées.

Mais c'était une vie bien différente de celle qu'elle avait choisie. Elle était une femme différente, qui avait besoin de rester à l'arrière-plan, une femme que l'on voyait en passant, mais que l'on ne *regardait* jamais vraiment.

En de telles circonstances, elle devait être folle pour s'attarder en compagnie d'une jeune femme qui s'enorgueillissait de savoir démasquer les véritables identités. Si la double vie de Diana devenait connue de tous, sa réputation serait ruinée, et peut-être celle de Thad aussi, par association.

Le mieux pour Diana et ces jeunes femmes souriantes était d'emprunter des chemins séparés.

Mais comment pouvait-elle les éconduire sans aiguiser leur curiosité ?

Mademoiselle Weatherby jeta un œil par-dessus son épaule.

— Où est donc Colehaven ?

Aussitôt, Diana tourna les yeux vers l'endroit précis où était le duc. Elle savait où il se trouvait depuis le moment où elle était entrée dans la salle de bal avec son cousin.

Ce n'était pas seulement le plus bel homme présent. Elle avait l'impression que tout son corps était en harmonie avec les mouvements du duc. Un infime sourire la réchauffait de l'intérieur, un éclat de rire faisait battre son cœur.

Les nerfs, se dit Diana. Rien de plus. Un duc était dangereux par principe, alors à plus forte raison un Lord qui semblait être l'ami proche de chaque personne qu'il croisait. L'intérêt qu'il lui portait ne reposait que sur un défi. Il allait sans doute interroger ses pairs pour savoir quel pauvre malheureux aurait une chance de la convaincre.

Oh, pourquoi avait-il fait ce pari insensé ? Déjà, dans le meilleur des cas, qu'un membre de la Chambre des Lords

écoute les opinions passionnées d'une jeune femme célibataire, sans titre et sans la moindre importance, était
inespéré. L'attention du duc étant accaparée par son pari,
il serait encore moins enclin à de longues discussions sur
la politique ou les recherches minutieuses qu'elle avait
consignées dans ses journaux.

— Je vais lui faire signe, déclara Lady Felicity, levant
immédiatement son éventail pour attirer l'attention de
son frère.

Ce ne fut pas vers sa sœur que le regard de Colehaven
se porta alors, mais vers Diana.

— Excusez-moi, souffla-t-elle. Je dois y aller.

Elle rendit le sherry et déguerpit hors de la salle de bal
avant que les jeunes femmes ne puissent lui poser des
questions. Diana détestait se montrer impolie, mais elle
ne pouvait pas non plus prendre le risque que le duc, sa
sœur et ses amies se donnent pour mission commune de
la forcer à se rendre sur la piste de danse dans l'espoir
qu'elle y rencontre son futur fiancé.

C'était le rêve de quelqu'un d'autre, pas celui de Diana.

À l'aveuglette, elle remonta le couloir menant à la
terrasse, passant devant la salle de repos des dames et
plusieurs portes fermées. Enfin, elle aperçut une bibliothèque faiblement éclairée. La porte était tout juste
entrouverte et la seule lumière semblait provenir d'un feu
qui déclinait dans l'âtre, derrière une grille éloignée.

Parfait.

Elle se glissa à l'intérieur et dépassa les étagères de
livres jusqu'aux braises, où elle s'installa sur un Chester-
field élimé afin de noter ses dernières observations dans
son journal.

Avant que ses doigts ne puissent sortir le petit volume

de son réticule, un mouvement attira son regard. Un bel homme pénétrait dans son sanctuaire. C'était le duc, et il l'avait trouvée dans l'obscurité.

— Vous redoutez donc tant que quelqu'un ose vous demander votre carnet de bal ?

Diana frissonna lorsque le grondement grave de sa voix l'enveloppa comme une caresse. Le simple fait de savoir qu'il partageait la lumière du feu avec elle rendait sa peau plus chaude.

Elle se leva d'un bond, déterminée à ignorer de tels fantasmes.

— Je n'ai pas de carnet de bal, rétorqua-t-elle.

Elle avait tenté d'être cinglante, mais en voyant le peu d'espace qui les séparait, elle n'était même pas certaine que sa gorge ait émis le moindre son.

Son corps était si proche qu'elle pouvait presque sentir sa chaleur contre sa peau. Ses boucles sombres semblaient engageantes au toucher, sa bouche une promesse déca-dente. Un risque qu'elle n'osait pas prendre.

Diana déglutit péniblement. Cinq ans auparavant, lorsqu'elle avait décidé de servir son pays plutôt qu'un mari, une partie de son être avait vibré à l'idée d'un avenir plein de libertés insoupçonnées.

À l'âge avancé de vingt-cinq ans, elle était proche de coiffer Sainte-Catherine et ses perspectives de mariage étaient déjà sombres. En renonçant à l'idée de se préserver pour un futur époux, elle avait entrevu l'éven-tualité attirante de ne rien préserver du tout. Une femme pouvait batifoler aussi bien que n'importe quel homme, après tout. L'indépendance n'impliquait pas une vie dénuée de plaisir.

Le fantasme, bien sûr, avait été de courte durée. En

invitant des mauvais garçons et des rebelles dans son boudoir, elle aurait risqué d'attirer l'attention. Quant à éviter les dandys de la haute au profit d'humbles ouvriers, cela ne ferait pas non plus l'affaire. Pas alors qu'elle devait incarner la plus banale des inspectrices professionnelles.

Les liaisons de Diana avec des hommes virils et bien bâtis resteraient donc aussi fictives que les histoires racontées dans les romans à reliure de cuir sur les étagères de la bibliothèque.

Tous ces éléments la plaçaient dans une situation nettement désavantageuse. Elle savait tout ce qu'il y avait à savoir sur les poids et les mesures, les volumes et les balances. La seule chose qu'elle ignorait, c'était ce qu'il convenait de faire avec Colehaven.

Et pourquoi il lui suffisait de le voir pour sentir son pouls s'emballer.

Elle lissa sa robe, reconnaissante de la pénombre créée par le feu mourant.

— Si vous êtes venu dans l'espoir de me ramener à la salle de bal pour m'intéresser à des prétendants, j'ai bien peur que vous n'ayez perdu votre temps.

— Je m'en doutais bien. Et pourtant, je suis venu.

— Pourquoi ? demanda-t-elle, s'attendant à ce qu'il lui explique peut-être gentiment pourquoi ses espoirs, ses pensées et ses rêves étaient complètement erronés et qu'elle ferait mieux de le laisser lui dicter quand et avec qui elle devrait se marier.

— Parfois, je préfère être ailleurs que sur une piste de danse, répondit-il.

Diana cligna des yeux avec surprise.

— Mais vous êtes un duc !

— Les ducs sont-ils connus pour danser ? demanda-t-

87

il avec un amusement évident. La plupart d'entre eux ont deux fois mon âge et ne pourraient pas trouver l'orchestre même avec un lorgnon.

— Je voulais dire, bredouilla-t-elle, que les héritiers et les successeurs doivent être préparés à la vie, non ? J'imagine que les fêtes, de quelque ampleur qu'elles soient, sont une seconde nature chez vous.

— Cela aurait certainement été le cas, convint-il. Si j'avais été élevé dans ce cadre. Mais ma sœur et moi étions les redoutables « parents pauvres ». La plupart des gens ne savaient même pas que j'étais éligible au titre.

— Que s'est-il passé ? demanda-t-elle à mi-voix.

Il marqua une pause.

— Je peux ?

Puis il prit place sur le bord de son fauteuil.

Après s'être assis, il posa son verre de sherry sur la table d'appoint plutôt que de le porter à ses lèvres, la mine pensive.

— La plupart des Lords ont de nombreux héritiers afin d'éviter que leur titre ne tombe entre les mains de quelque misérable cousin du deuxième ou troisième degré, commença-t-il.

Elle hocha la tête en fronçant les sourcils.

— Eh bien, le misérable cousin, c'est moi.

Son honnêteté était frappante.

— Un jour, un avocat inconnu m'a informé qu'il y avait eu une série de tragédies au cours de la dernière décennie...

— Vous n'aviez pas vu votre famille depuis une décennie ?

— Je voyais ma sœur tous les jours. C'est ma seule

famille. Personne d'autre ne nous a jamais rendu visite, peut-être par crainte que nous leur rendions la pareille.

Son intonation se durcit.

— Je suis tombé des nues. Je ne savais pas comment être un Lord, et tout à coup, voilà que je devenais duc.

Elle se pencha plus près.

— Qu'avez-vous fait ?

— J'ai appris rapidement, répondit-il.

Les commissures de ses lèvres s'incurvèrent, mais son sourire n'atteignit pas ses yeux.

— On m'a envoyé étudier et recevoir une bonne éducation.

— Était-elle bonne ?

Cette fois, il rit de bon cœur.

— Plus que je ne l'aurais cru, je dois dire. Je n'étais absolument pas préparé, mais je me suis jeté à corps perdu dans les études. Il fallait que j'apprenne tout ce que j'avais manqué pour comprendre ce que l'on m'enseignait. Je crois bien que je n'ai pas fermé l'œil, ces premiers mois, tant j'étais déterminé à être au moins reconnu comme un égal sur le plan académique.

— Les autres aristocrates vous ont-ils jugé indigne de votre titre ?

Il inclina la tête.

— Indigne d'Oxford, oui. Inférieur à eux. Alors, j'ai pris la décision d'exceller dans tous les domaines possibles. Au début, je pensais devoir me prouver que j'étais meilleur que tous les jeunes gens qui riaient dans mon dos. Ils étaient peut-être nés avec ces privilèges, mais moi, j'étais bien décidé à étudier, à m'exercer et à apprendre jusqu'à me montrer meilleur duc encore que le plus brillant d'entre eux.

— Cela a-t-il fonctionné ?

— D'une curieuse façon, dit-il avec une grimace. J'ai gagné leur respect au détriment du mien. Enfin, j'ai pris conscience que je laissais les mauvaises personnes déterminer la valeur d'un homme.

Elle hocha la tête.

— La mauvaise échelle.

Il haussa une épaule.

— Je voulais être respecté pour ce que j'*étais*, et non par les étiquettes que les autres m'attribuaient. J'étais lassé de ces contraintes. Alors, je me suis libéré.

Elle se renfrogna.

— Comment fait-on cela ?

— Dans mon cas ? demanda-t-il avec une grimace. C'est un défi extrêmement stupide qui m'a permis de découvrir mon premier véritable ami à Oxford.

Les doigts sur ses tempes, Diana feignit l'extrême concentration.

— Les guides spirituels me disent... le duc d'Eastleigh ?

Il écarquilla les yeux.

— Vous devriez tenir une tente de voyance à Vauxhall. Dites-moi, vais-je rencontrer une belle inconnue ?

— Un bel inconnu, répondit-elle aussitôt. Son nom est Eastleigh.

Il secoua la tête comme s'il se remémorait avec tendresse ses exploits passés.

— En un rien de temps, nous avons été surnommés les « ducs fringants ». Je crains que nous nous soyons montrés à la hauteur de ce surnom. Chaque fois que nous n'étions pas à nos études et que nous jouions aux jeunes fringants, on nous trouvait dans une taverne locale qui était devenue notre deuxième maison.

— Boire et s'amuser du crépuscule jusqu'à l'aube ?

— Pire.

Laissant retomber sa voix, il ajouta dans un murmure :

— Boire et faire ribote avec des roturiers, qui ne fréquentaient même pas l'université.

Diana eut un mouvement de recul, feignant le dégoût.

— Dieu du ciel !

Il hocha solennellement la tête.

— Nous nous sommes liés d'amitié avec la moitié de la ville avant la fin de la première année. Ces débats avinés et ces conversations animées m'ont permis de rencontrer certains des meilleurs hommes que j'aie jamais connus.

— Je suppose que c'est pour cela que tant d'entre eux aiment passer leurs journées dans leurs clubs.

— Non, reprit lentement Colehaven. Je ne pense pas. La plupart des clubs de gentlemen sont destinés à des personnes qui partageaient les mêmes goûts et les mêmes origines. Le *Brooks's* est pour les Whigs, le *White's* pour les Tories. Si un membre estime qu'un candidat ne correspond pas aux critères, l'indésirable sera définitivement rayé de la liste.

— Quelles sont les règles d'adhésion au *Duc Fringant* ?

— La seule règle, c'est qu'il n'y a pas de règles.

Son sourire était contagieux lorsqu'il poursuivit :

— Le monde n'est peut-être pas équitable pour tous les hommes, mais au moins, notre taverne peut l'être. Peu importe leurs couleurs politiques, leurs croyances ou le volume de leurs porte-monnaie.

Le cœur de Diana se réchauffa. Elle admirait ses efforts pour créer un lieu d'échanges ouvert, où les diverses classes sociales étaient non seulement les bienvenues, mais libres de partager leurs points de vue et de se lier d'amitié avec des personnes totalement différentes. Voilà qui trouvait écho en elle... et la remplissait d'espoir.

Si elle pouvait lui prouver qu'une révision du système anglais de poids et mesures n'était pas seulement une décision logique mais la *meilleure* chose à entreprendre, Colehaven ne s'arrêterait devant rien pour aller jusqu'au bout.

Elle avait réussi une fois, se rappela-t-elle. Ses lettres anonymes à la Chambre des Lords avaient fini par engendrer l'Acte de 1815. Personne ne soupçonnait le lien, bien sûr. Les hommes étaient peut-être égaux dans la taverne de Colehaven, mais les femmes ne l'étaient nulle part.

Il n'y avait aucune chance que le point de vue de Diana soit respecté à sa juste valeur, même si elle souhaitait que ses pensées soient estimées. Si la restructuration était l'idée de Colehaven, elle aurait une chance. Il n'était peut-être pas prêt à la rejoindre dans un débat politique, mais cette soirée lui prouvait certainement qu'ils n'étaient pas obligés d'être ennemis.

Il fronça les sourcils devant son verre de vin.

— Croyez-le ou non, je ne suis pas venu ici pour parler du bon vieux temps à Oxford.

— Vos débuts m'ont semblé bien laborieux, lui assura-t-elle en souriant. Si je n'étais pas intéressée, je n'aurais pas posé de questions.

Ses doigts lui démangeaient de récupérer son journal dans sa cachette pour y coucher chaque mot qu'il prononçait afin de les analyser plus tard.

— Alors, j'espère que vous allez me rendre la pareille, dit-il avec un sourire ironique. Je suis venu ici parce que je voulais en savoir plus à votre sujet.

Un soudain élan de peur lui coupa le souffle. La

dernière chose dont elle avait besoin, c'était qu'un duc puissant tente de découvrir ses secrets personnels.

— Il n'y a rien à dire, fit-elle rapidement. Je suis sûre que s'il y avait quoi que ce soit d'intéressant à mon sujet, Thaddeus vous en aurait déjà parlé.

— Je n'ai pas demandé, admit Colehaven. Je ne voudrais pas qu'il se méprenne sur mes intentions.

Eh bien, voilà un seau d'eau froide pour ses ardeurs. Ils discuteraient peut-être un jour de mathématiques, mais l'intérêt du duc envers elle n'était qu'un objet de curiosité. Diana ne devait jamais oublier que la seule motivation de Colehaven était de la marier à quelqu'un d'autre afin de gagner un pari.

Elle se leva.

— Je ferais mieux de rentrer avant qu'il ne remarque mon absence.

Colehaven l'imita immédiatement.

— Voulez-vous que je vous accompagne ?

— Non, répondit-elle sèchement. Je ne voudrais pas que quelqu'un interprète mal votre intérêt.

— C'était irréfléchi de ma part, dit-il avec un rictus. Ce que je voulais dire...

— N'interprétez pas mal mon intérêt non plus.

Sa proximité faisait battre son pouls plus fort dans sa gorge.

— Je ne veux pas vous épouser.

Il fit un pas de plus.

— Alors, que voulez-vous de moi ?

Elle laissa son regard gourmand vagabonder sur son corps.

— Je...

Du bout de sa botte, il frôla son chausson. Soudain, il

était bien trop proche pour qu'elle puisse encore penser de manière cohérente.

— Arrêtez-moi, dit-il en approchant sa bouche de la sienne, avant que je prenne ce que moi, je veux.

En réaction, elle tendit ses lèvres pour rencontrer les siennes.

Un courant électrique la traversa, propageant des picotements dans tout son corps. Elle referma les doigts autour de son cou tandis qu'il la prenait dans ses bras.

Jusqu'à ce moment, Diana se croyait détachée. Elle avait déjà connu des baisers, rien ne pouvait la surprendre.

Mais Colehaven embrasait tout son corps. Son étreinte n'avait rien à voir avec les frôlements hésitants de sa jeunesse. C'était un homme confiant, fort et sûr de lui. Ses bras autour d'elle étaient à la fois protecteurs et possessifs. La retenue qu'elle s'était crue capable d'exercer disparaissait avec le goût de son baiser.

Il incarnait la chaleur et la passion, la liberté et le danger. Tout ce qu'elle voulait et ne pourrait jamais avoir, sous une enveloppe irrésistible que ses doigts lui démangeaient de déballer. Il lui donnait autant qu'il prenait, l'emplissant de son goût, de son parfum et de ses gestes, la laissant pantelante et avide de plus.

Ce n'était pas un baiser. C'était un combat pour la domination. La tentation de la capitulation. Une promesse téméraire de plaisirs indicibles ainsi qu'un avertissement, car y goûter pourrait laisser son cœur en lambeaux. Pourtant, elle était impuissante à résister à l'attirance du désir. Son corps se pâmait à l'idée de se soumettre à sa bouche, à ses mains, à son...

— Diana ? fit soudain une voix hésitante. Tu es là ?

Tous deux s'écartèrent vivement l'un de l'autre, les yeux écarquillés par la panique. Les lèvres de Diana vibraient encore du goût de son baiser. Ses jambes flageolantes la maintenaient à peine debout. Les battements de son cœur cognaient violemment à ses oreilles. Mais rien de tout cela n'avait d'importance. Thaddeus était là, et s'il les avait surpris ensemble...

— Cachez-vous, souffla-t-elle au duc, ses paumes contre sa poitrine afin de le repousser derrière la pile de livres la plus proche.

À ce simple contact, elle se sentit encore défaillir.

Avec un dernier regard lourd de mots qu'aucun d'eux ne pouvait prononcer, Colehaven se fondit dans l'ombre.

— Te voilà, gronda Thaddeus en s'avançant. Tu ne m'as pas entendu appeler ?

Sortant son journal de son réticule, elle en montra la couverture à son cousin.

— Tu sais comment je suis quand j'écris.

— Tu pourrais remplir ta propre bibliothèque avec autant de journaux que tu en tiens, reconnut Thaddeus avec un sourire affectueux.

Il lui offrit son coude.

— Allez, viens.

— Est-ce que je manque à la piste de danse ? demanda-t-il d'un ton taquin.

C'était une vieille plaisanterie entre eux, mais alors même qu'elle prononçait ces mots, Diana se rendit compte que l'humour n'y était plus.

Elle n'était plus la petite cousine discrète de Thad. Elle était son albatros, sa croix à porter. Un fardeau si accablant qu'il s'était senti obligé de s'adjoindre l'aide de son ami le plus puissant dans une tentative éperdue pour se débarrasser d'elle une bonne fois pour toutes.

— Je ne te ferai pas danser, dit-il en soupirant. J'ai fait avancer le fiacre. Nous allons rentrer à la maison.

À la maison. Diana avait espéré qu'il en serait ainsi pour le reste de sa vie, mais la certitude que son cousin n'éprouvait pas le même sentiment enserrait son cœur d'un étau de glace.

Lorsque la voiture arriva, il l'aida à monter sans échanger un seul mot avec elle, se bornant à l'y rejoindre.

Diana aimait son cousin. Elle ne pouvait plus garder le silence.

— Je suis désolée de ne pas être ce que la société attend de moi, marmonna-t-elle, ce que tu aimerais que je sois.

Elle ne regrettait pas la voie qu'elle avait choisie pour sa vie, pas plus que le changement positif qu'elle opérait et continuerait d'opérer pour ses concitoyens. Mais elle était triste que cette démarche ait abîmé sa relation avec l'unique membre de la famille qu'il lui restait.

Les sourcils froncés avec inquiétude, Thaddeus lui prit les mains.

— Je ne veux pas que tu *me* fasses plaisir. Je veux que tu trouves quelqu'un qui te plaise. C'est ce que tu mérites. Ce que tout le monde mérite. Dès que tu seras heureuse en ménage, j'envisagerai de me marier à mon tour.

La gorge de Diana était trop nouée pour qu'une réponse s'y forme. Les souhaits de son cousin lui serraient le cœur.

Pire que d'être une déception pour lui, elle ralentissait sa vie. En tant que tuteur, il estimait qu'il était de son devoir de veiller à ce qu'elle trouve un bon parti. En refusant de se marier, elle l'empêchait de trouver l'amour qu'il désirait.

Elle pouvait le convaincre de ne pas l'attendre, de continuer à chercher jusqu'à trouver la compagne idéale, mais elle ne supporterait pas d'être l'ancre qui pèserait sur leur union. Diana avait atteint l'âge de la majorité, elle ne pouvait pas prétendre demeurer à jamais la pupille de son cousin.

Tôt ou tard, il faudrait qu'elle s'en aille.

CHAPITRE 10

Cole se réveilla avec le goût du baiser de Mademoiselle Middleton encore sur les lèvres. Il s'habilla, prit son petit-déjeuner et tenta de se concentrer sur le journal du matin. En vain. Son cerveau revenait sans cesse au délicieux souvenir du moment volé de la nuit passée.

Il n'aurait pas dû l'embrasser. S'il s'était douté un seul instant qu'elle accueillerait un tel comportement imprudent plutôt que de le rejeter, peut-être n'aurait-il pas... oh, pitié, cherchait-il à s'en convaincre ? Cole se passa une main sur le visage en soupirant.

S'il avait cru qu'elle avait l'intention de lui rendre son baiser, il ne l'aurait fait que plus tôt.

Même dans la lumière du jour, il ne pouvait pas se résoudre à le regretter. Si son cousin n'avait pas gâché ce moment, Cole serait encore heureux d'être dans la bibliothèque, ses bras autour des courbes chaudes de Mademoiselle Middleton et sa bouche profitant de la sienne. La dernière chose qu'il avait envie de faire, c'était bien de s'arrêter.

Cela ne ferait pas l'affaire, naturellement. Les conditions du pari exigeaient qu'il présente Mademoiselle Middleton à un autre homme. Un mariage d'amour, avait-il audacieusement assuré à son tuteur. Juste après avoir accepté de ne pas influencer publiquement le résultat en feignant de s'intéresser à la jeune femme afin de manipuler la perception qu'en auraient les autres gentlemen.

Le baiser n'avait pas été public, cependant.

Et il n'avait certainement pas été feint.

Cole ne pouvait pas laisser une telle erreur de jugement se reproduire. Qu'avait-il donc dans la tête ?

Il se disait qu'elle était belle, aussi exaspérante qu'intelligente, que les moments passés avec elle étaient toujours imprévisibles, qu'il ne pouvait pas vivre un autre instant sans retrouver le goût de ses lèvres.

— Imbécile, se murmura-t-il.

Il devait faire quelque chose. Il fit préparer son fiacre et demanda au cocher de l'emmener au *Duc Fringant*. La taverne n'ouvrirait pas avant quelques heures, mais le trajet familier pourrait l'aider à se vider la tête.

Plus vite il trouverait un partenaire digne de confiance pour Mademoiselle Middleton, plus vite il aurait gagné son pari et il pourrait concentrer toute son attention sur le Parlement.

S'il voulait être choisi pour remplacer Lord Fortescue à la tête du comité, il lui fallait bien plus qu'un coup de chance. Il devait être un candidat viable. Stratégique et intelligent, conservateur et stable. Le genre d'homme qui ne se laisserait pas entraîner dans un scandale embarrassant comme, par exemple, voler des baisers à une femme qu'il n'avait pas l'intention d'épouser.

Voilà qui réglait définitivement la question. Cole ne se mettrait pas à la recherche d'une épouse avant l'année suivante, au plus tôt, ce qui signifiait qu'il ne devait pas se mêler de la vie des jeunes femmes avant d'être prêt à en épouser une.

— *Le Duc Fringant*, annonça son chauffeur en arrêtant les chevaux. Où allons-nous maintenant ?

Cole adressa un sourire malicieux à son cocher. C'était loin d'être la première fois qu'ils prenaient la route sans destination particulière.

— À la maison, s'il vous plaît.

En quelques secondes, les chevaux étaient de nouveau en mouvement.

Lorsque Cole avait besoin de réfléchir, regarder les rues de Londres défiler lui faisait plus de bien que de fixer les murs de son bureau. Surtout s'il ruminait une affaire pour le Parlement. En voyant passer les citoyens qu'il essayait de servir, il se concentrait mieux sur son objectif.

Il n'avait jamais aucune raison de quitter son attelage, car les décisions qu'il devait prendre se trouvaient déjà quelque part dans son esprit. Le plus souvent, il était de retour chez lui dans l'heure qui suivait, les idées claires et...

— Arrêtez ! aboya-t-il, le nez presque écrasé contre la vitre du fiacre lorsque le cocher obéit immédiatement à son ordre.

Le soleil rasant du matin avait peut-être faussé son jugement, mais Cole aurait pu jurer que la femme en tenue quelconque qui marchait seule dans une ruelle entre deux bâtiments n'était autre que Mademoiselle Middleton.

— *Arrêtez*, répéta-t-il sans trop savoir s'il s'adressait à l'étonnante jeune femme ou à son propre cœur au galop. Attendez-moi ici, ordonna-t-il au cocher en sautant à l'extérieur.

Des voitures, des chevaux et des chariots filaient sur la route très fréquentée, bloquant le chemin de Cole ainsi que son champ de vision. Lorsqu'il parvint enfin à traverser à la poursuite de Mademoiselle Middleton, celle-ci n'était plus en vue.

Pestant tout bas, Cole se rua dans la direction où il l'avait aperçue pour la dernière fois.

Peut-être n'y avait-il rien de mal. Peut-être une explication parfaitement raisonnable expliquait qu'une jeune femme digne de ce nom soit vêtue d'une mousseline terne et erre seule dans des ruelles vides, plusieurs heures avant que les autres aristocrates n'ouvrent les yeux.

À moins qu'il se passe quelque chose de grave et qu'elle ait besoin de son aide.

Cole se précipita dans la ruelle, mais il s'arrêta net en constatant qu'elle se terminait sur deux vitrines. À droite, un modiste. À gauche, une taverne.

Il se glissa dans la boutique du modiste. Il ne comprenait certes pas quelle mouche avait piqué la jeune femme pour qu'elle éprouve le besoin de s'acheter un *nouveau* chapeau à huit heures et demie du matin, mais c'était encore la seule explication.

Mademoiselle Middleton n'était nulle part à l'intérieur.

Il retourna dans la ruelle et regarda la taverne d'à côté

en plissant les yeux. Il n'avait jamais fréquenté cet établissement, mais il savait qu'on y vendait de la bière à la chope ou au gallon, avec un menu bon marché pour l'accompagner.

Mais quel rapport pouvait-il bien y avoir avec Mademoiselle Middleton ?

Peut-être s'était-il trompé. La femme qu'il avait vue n'était pas elle, mais plutôt une matrone, une gouvernante ou une institutrice dont la propre cuisine était inutilisable pour une raison quelconque, l'obligeant à se rendre dans un établissement comme celui-ci pour y prendre son petit-déjeuner.

Il poussa la porte et entra à tout hasard, juste au cas où.

Comme chez le modiste, Mademoiselle Middleton n'était pas visible. D'ailleurs, il n'y avait pas âme qui vive dans la salle, pas plus de clients que d'employés. Peut-être Cole avait-il tout imaginé.

Soudain, il entendit une voix féminine caractéristique provenant d'une pièce à l'arrière. Le murmure fut immédiatement suivi par la voix de baryton d'un homme.

Cole se trouvait encore près de l'entrée, mais il s'empressa de rejoindre l'arrière-salle privée pour y faire irruption avant même que son cerveau n'ait le temps de réfléchir.

La voix masculine semblait appartenir au propriétaire des lieux, et l'autre était indéniablement celle de Mademoiselle Middleton. Quant à savoir ce qu'ils faisaient...

Leurs têtes étaient penchées sur un gros fût de bière. Les bras épais du directeur étaient croisés devant son torse imposant, tandis que dans l'une de ses mains fines, Mademoiselle Middleton tenait une chope de bière.

Tous deux sursautèrent à l'intrusion de Cole.

— Que faites-vous ici ? bégaya-t-elle.

— C'est à moi de vous poser cette question, par Dieu !

— Madame Peabody accorde nos mesures, déclara le tenancier. Êtes-vous venu pour le petit-déjeuner ?

Cole les regardait, bouche bée.

— Madame Peabody ?

— J'ai bien peur de ne pas pouvoir manger ici aujourd'hui, Monsieur Smith, répondit Mademoiselle Middleton sans se laisser décontenancer. Mais vous avez tout à fait raison. Ce lot de bière a une saveur bien plus équilibrée que le précédent.

Cole était si troublé qu'il en avait la bouche pâteuse.

— Saveur... équilibrée ?

— Eh bien, c'est grâce à vous, Madame Peabody, répondit le propriétaire, ses joues rouges de plaisir. Vous aviez raison sur la proportion de houblon par rapport à l'orge, et sur l'endroit où trouver les meilleures récoltes.

Chaque mot semblait faire basculer tout le monde de Cole sur son axe.

— Vous avez amélioré sa recette de bière ?

— Et les ingrédients, renchérit le tavernier avec fierté. Nous brassons maintenant avec la meilleure orge disponible à Londres.

Cole cligna des paupières.

— Pas la ferme des Nicholson, si ?

Monsieur Smith lui répondit, tout sourire :

— Celle-là même.

Hébété, Cole se tourna vers Mademoiselle Middleton.

— Mais comment savez-vous...

Elle passa son bras sous le sien et se tourna vers la porte.

— Ça ira, je crois. Monsieur Smith, merci pour votre hospitalité.

— Revenez quand vous voulez, lança-t-il.

Alors qu'ils sortaient de la taverne et se retrouvaient dans la pénombre de la ruelle, Cole se tourna franchement vers Mademoiselle Middleton.

— Madame Peabody, c'est ça ?

— Diana, répondit-elle à mi-voix. Pour les intimes.

— Je ne suis pas votre intime, dit-il résolument. Je suis votre chaperon auto-désigné jusqu'à nouvel ordre. Apparemment, celui qui est censé tenir ce rôle n'est pas à la hauteur.

Elle redressa le menton.

— Je n'ai pas besoin de votre aide. En fait, votre présence est une entrave.

— Une entrave à quoi ?

Elle soupira.

— Notre système de poids et de mesures est bancal. Des centaines de vendeurs malhonnêtes trompent leurs clients chaque jour, volent d'honnêtes citoyens sans aucune compensation possible, parce qu'absolument rien n'est fait pour...

— Rien n'est fait ?

Le cou de Cole commençait à chauffer.

— J'ai personnellement fait pression pour une réforme qui a permis d'adopter de meilleures lois il y a seulement deux ans. Ce n'est pas comme s'il y avait toute une liste de commerçants londoniens hors la loi que nous ignorons délibérément...

— C'est *exactement* comme s'il y avait une liste, car je l'ai écrite moi-même ! s'écria Mademoiselle Middleton. J'écris un nouveau rapport chaque mois, avec des index et des mises à jour pour les fautifs mentionnés dans les missives passées. Je me trouve dans une posture d'autorité singulière sur la question, et que vous agissiez ou non, vous n'en avez pas fait assez !

— En quoi êtes-vous une autorité ? demanda-t-il. Qui est la vraie Madame Peabody ?

— Madame Peabody est la sous-secrétaire d'un avocat spécialisé en litiges, et elle n'existe pas. Mais les problèmes existent, eux, tout comme les solutions.

Il soupira.

— Les mètres, encore une fois ?

— Je me contenterais de la *logique*. Que sommes-nous censés faire avec trois mesures différentes rien que pour les vins, deux catégories de fûts, des gallons de vin qui correspondent au poids d'un gallon de blé… Et ne parlons même pas des vingt-sept types de boisseaux. Vous et vos pairs devez absolument trouver un système qui fonctionne et veiller à le faire *appliquer*.

— Vous avez raison, dit-il. Cela concerne mes pairs. Ce ne sont pas les affaires d'une jeune femme convenable avec une réputation à préserver.

— J'ai une réputation sans tache, lui assura-t-elle. Les fraudeurs tremblent dans leurs bottes et les autres portent un toast à mon arrivée. Je connais tous les vendeurs de Londres. Où acheter, où ne pas acheter, à qui faire confiance, et qui escroquerait sa propre mère. Les commerçants m'aiment ou me craignent.

— Ce n'est *pas* une bonne réputation. C'est exactement ce qui vous empêchera de trouver…

Elle plaqua les poings sur ses hanches.

— Si vous dites « un mari », je vous jure que je ne réponds pas de moi.

Il n'en revenait pas qu'elle lui tienne tête sur ce point. Un bon mariage n'était pas seulement le meilleur moyen pour une jeune femme d'assurer son avenir, c'était souvent le *seul* moyen. Et il essayait de l'aider !

Il s'approcha d'elle.

— Un bon parti...

— Bah ! Quand vous rendrez-vous compte que toutes les femmes n'ont pas pour ambition de servir un mari ? Avant de dire « que feriez-vous d'autre », rappelez-vous qu'une femme sur quatre ne se marie jamais. Certaines vieilles filles passent-elles leur vie à se morfondre de leur sort tragique ? Certainement. Mais d'autres, plus indépendantes, se réveillent chaque matin en remerciant le ciel de leur accorder un jour de liberté supplémentaire.

— Vous n'êtes pas une femme indépendante, lui rappela-t-il. Vous êtes la pupille de...

— J'ai vingt-cinq ans, répondit-elle résolument. Thad est un cousin gentil et généreux, mais il n'a plus de tutelle légale sur moi. Si j'avais des richesses suffisantes, je pourrais louer mon propre appartement et...

— *Si*, répéta-t-il. Sans les moyens de votre indépendance, Thaddeus Middleton reste votre tuteur pratique, indépendamment de toute obligation légale. Une femme dans votre situation peut trouver un homme à épouser, ou bien exercer un emploi en tant que gouvernante ou dame de compagnie. Ce qu'elle ne peut *pas* faire, en revanche, c'est...

— Devenir un agent de changement lorsqu'elle est confrontée à des inégalités ou à des activités criminelles ? l'interrompit-elle, les yeux étincelants. Avoir un impact positif sur le monde qui l'entoure, en dehors de sa maison ? Être vue et entendue, compter pour quelque chose ?

— Pensez-vous que les mères de famille ne comptent pas ? Que les épouses ne comptent pas ?

— Avoir assez de pain pour manger, cela compte aussi, pourtant vous ne vous bousculez pas pour devenir boulangers ou céréaliers.

Elle leva le menton.

— Vous êtes très utile à la Chambre des Lords, et je suis très utile en tant qu'agent secret dans les rues pour venger les mathématiques mal appliquées.

— Agent secret... mais cela n'existe pas ! bredouilla-t-il.

— Alors, je suis la première, dit-elle en haussant les épaules. Quand je vois une injustice, je fais de mon mieux pour y remédier. Parfois, le problème provient du manque de connaissance des acheteurs, et parfois, c'est un commerçant sans foi ni loi qui est en faute. On ne peut pas savoir sans recherches de terrain. Mais si je trouve un écart... alors, je règle le problème.

— Ce n'est pas la même chose, répondit-il, les bras croisés. Le Parlement gouverne avec honnêteté et transparence. Les membres du public peuvent toujours suivre les débats importants depuis les tribunes...

— Les hommes du public, murmura-t-elle.

— Sans obéir à la moindre autorité, vous vous drapez dans le mensonge et les faux-semblants...

— C'est la seule façon pour moi d'accomplir quelque chose.

Après une profonde inspiration, elle ajouta :

— Vous avez le privilège de *pouvoir* être vous-même, de forcer les gens à vous remarquer, d'être autorisé à participer. Le public peut juger vos opinions, mais vous ne serez jamais expulsé ni condamné pour en avoir.

Il fixa d'un regard consterné cette femme obstinée.

Nombre de ses arguments étaient fondés. Bien qu'elle ait mené ses affaires d'une manière totalement contraire à ses propres mœurs et valeurs, il ne pouvait pas nier qu'elle recherchait les mêmes objectifs. L'équité. La justice. L'égalité. Une vie meilleure pour tous.

Il était facile pour lui de défendre de telles causes, mais pour elle, c'était pratiquement impossible.

— Cela ne me dérange pas de me déguiser pour des missions, reprit-elle à mi-voix. J'aimerais mieux ne pas avoir à enfiler de belles robes de soirée, tout aussi fausses, pour être jugée acceptable par la société.

Il s'avança.

— Je ne m'attends pas à ce que vous changiez d'avis, ajouta-t-elle. Mes actes ne seront jamais considérés comme ceux d'une femme digne, et mon nom ne sera jamais prononcé au Parlement. Mais je n'ai pas besoin de cela. À quoi sert une réputation irréprochable si je suis la seule personne à en bénéficier ?

— Je pourrais vous demander : à quoi bon jeter votre réputation aux orties si cela vous empêche d'aider qui que ce soit, y compris vous-même ? Que pensez-vous qu'il adviendra si votre ruse est découverte ?

— Je ne serai plus contrainte à participer à ces bals assommants, répondit-elle en feignant le soulagement. Mais d'ici là...

— Découverte par un *commerçant*. Votre nom dans les articles à scandales sera le moindre de vos problèmes. Vous n'êtes pas une actrice sur une scène. Ces gens-là sont de vraies personnes. Chaque fois, vous vous mettez en danger physiquement, juridiquement et...

— Juridiquement ? lâcha-t-elle. Ce sont les vendeurs malhonnêtes qui...

— Vous n'êtes pas un magistrat, lui rappela-t-il, ni un policier armé, pas plus qu'un membre de la Chambre.

— Vous essayez de...

— J'essaie de vous *protéger*, s'écria-t-il. Vous ne le voyez donc pas ? Je vous admire de mettre tant de cœur dans ce que vous faites. J'admire que vous placiez le bien des autres au-dessus de vous-même. Vous évitez la complaisance au profit du pragmatisme, des faits et du progrès. C'est très bien, mais je ne peux pas vous laisser...

— Vous n'avez pas à m'empêcher de faire quoi que ce soit, parce que je ne vous appartiens pas et je ne vous appartiendrai jamais. Vous ne voyez même pas l'hypocrisie. Les hommes ont la liberté de s'habiller en uniformes pour aller risquer leur vie à la guerre, et moi, je ne pourrais même pas mettre un simple bonnet ni peser un boisseau de maïs ?

— Diana...

— Que voulez-vous que je fasse ?

Elle leva les mains au ciel, la mort dans le regard tout comme dans son intonation.

— Passer les quatre prochaines décennies à peindre des aquarelles insipides et à m'intéresser uniquement aux bijoux ?

— Je...

— Non, reprit-elle froidement. Ne répondez pas. Si c'est votre vision pour ma vie, je ne veux pas la connaître.

Elle s'éloigna et héla un fiacre qui passait, d'un geste de la main.

Aussitôt, il s'arrêta à côté d'eux.

— Mon propre fiacre se trouve juste en face, lui dit-il. Laissez-moi vous ramener chez vous.

— Vous ne pouvez pas, dit-elle, ses yeux bleus accusateurs. Le duc de Colehaven, seul avec Mademoiselle Middleton ? Que penseraient les gens ?

Sur ce, elle disparut à l'intérieur et referma la porte derrière elle.

CHAPITRE 11

*D*iana n'avait jamais eu moins envie d'assister à une soirée.

Son dos était pressé contre le mur le plus éloigné de la piste de danse, mais son esprit n'avait jamais quitté le duc de Colehaven. Une douzaine d'heures s'étaient écoulées depuis leur confrontation, mais ses doigts tremblaient encore à ce souvenir.

Elle avait eu de la chance d'être découverte par Colehaven et non par quelqu'un d'autre. Malgré leurs désaccords passionnés, c'était peut-être la seule âme dans toute l'Angleterre qui garderait son secret sans prendre d'initiatives à son encontre.

La colonne vertébrale de Diana se redressa. Peut-être que Thaddeus était la réponse, après tout. Elle s'en voulait que son célibat prolongé empêche son cousin de chercher l'amour. Mais que se passerait-il s'ils pouvaient tous deux avoir ce qu'ils voulaient ?

Lorsque Diana était devenue orpheline, Thad n'avait pas hésité à la prendre sous son aile. Il avait également gardé la dot que le père de Diana avait mise de côté pour son futur époux. Lorsqu'elle avait été présentée pour la première fois dans la haute société, Thad avait rejeté sa demande de lui transférer son argent. Il estimait de son devoir de lui trouver un bon époux et il avait refusé la moindre objection.

Mais c'était à l'époque. Elle était alors une débutante, pas une vieille fille comme à présent. Et si elle parvenait à convaincre enfin Thad de lui remettre l'argent de sa dot ?

Selon les critères bourgeois, la somme était dérisoirement modeste. Mais Diana n'avait pas l'intention de mener une vie de château. Si elle pouvait louer une simple chambre quelque part à l'abri des regards, son comportement peu conventionnel n'attirerait aucun scandale ni n'entacherait le nom et la réputation de Thad.

En fait, elle pourrait peut-être même devenir ce qu'elle prétendait être : le bras droit d'un avocat ou d'un magistrat cherchant à améliorer les lois anglaises et leur application.

Elle souriait de plaisir. Il n'y aurait alors rien à démasquer. Elle serait juste une femme qui accomplissait son travail. Elle améliorerait son monde. Au vu et au su de tous. À cette idée, elle se sentit remplie d'excitation.

— Le duc de Colehaven, tonna soudain le majordome du haut des escaliers.

Le sourire de Diana se figea, mais le reste de son corps s'enflamma à ce spectacle. Son attirance irrésistible pour Colehaven n'était pas seulement due aux épaules larges que l'on devinait sous le manteau de surfin noir, à ses boucles foncées juvéniles sur son front ni à sa foulée magnétique et altière.

Non, c'était le reste de sa personne qui la fascinait. Son

côté résolument favorable aux réformes, mais aussi son côté protecteur, et la taverne qu'il avait cofondée afin de créer un espace d'égalité entre les hommes. Bien sûr, le souvenir inoubliable de ses baisers et de leurs corps unis dans une étreinte brûlante n'arrangeait rien.

Si elle savait dessiner, ses journaux contiendraient de nombreux portraits illustrant ses fidèles transcriptions de leurs conversations les plus importantes.

À l'exception, naturellement, des moments où le désir physique l'emportait sur le bon sens. Certains échanges n'étaient pas destinés à être écrits, mais plutôt à être revécus maintes fois dans l'intimité de son esprit.

Elle s'écarta du mur et se dirigea vers la table des rafraîchissements. Elle s'occuperait les mains avec un verre de ratafia, à défaut de les passer nerveusement dans ses cheveux. Leurs bouches étaient peut-être en guerre, mais le reste de leurs corps était trop compatible pour que la situation soit confortable.

— Je me demandais si vous viendriez.

La voix grave et familière propagea un délicieux frisson sur la peau de Diana. Elle n'avait pas besoin de se retourner pour savoir qui venait d'entrer dans la file d'attente derrière elle.

— Qu'est-ce qui vous a fait croire que je serais à cette soirée ? murmura-t-elle. Il doit y avoir une douzaine de fêtes similaires en ce moment même.

— Je suis bien placé pour le savoir, répondit-il sans ambages. C'est ma septième étape ce soir.

À ce moment-là, Diana ne put s'empêcher de jeter un coup d'œil par-dessus son épaule.

Son visage ciselé était à moins d'une coudée. Plus près qu'elle ne l'avait espéré, mais pas autant qu'elle le souhaitait. La chaleur brûlante dans ses yeux noisette indiquait qu'il ressentait la même chose.

— Vous me cherchiez ? bredouilla-t-elle sottement.

Bien sûr qu'il la cherchait. Sinon, pourquoi ferait-il semblant d'apprécier le ratafia ?

— Je n'ai pas aimé la façon dont nous nous sommes quittés.

Son regard sombre était fixé sur le sien.

Elle déglutit.

— Qu'y avait-il à ajouter ?

— Je tiens à vous faire savoir que je reconnais le besoin d'unités standardisées. Vingt-sept types de boisseaux, cela fait au moins deux douzaines superflues, et ne parlons même pas des gallons.

Elle le dévisagea.

— Vous avez demandé à votre cocher de vous faire faire le tour de tous les bals ce soir rien que pour avoir le plaisir de vous disputer avec moi sur la standardisation des gallons ?

Les joues du duc s'empourprèrent.

— Je suis désolé. Je sais que ce n'est pas le genre de sujet...

— C'est parfait, au contraire, admit-elle avant qu'il ne puisse s'excuser complètement.

Certaines femmes rêvaient qu'un chevalier sur un destrier blanc monte sur leur balcon et les ravisse au coucher du soleil. Diana avait seulement envie d'être prise au sérieux, d'être vue pour ce qu'elle était et d'être entendue.

— C'est vous qui avez fait adopter la loi sur les poids et mesures de 1815 ? demanda-t-elle tout bas.

— Une parmi tant d'autres. Je n'étais pas le chef de ce

comité, mais c'est moi qui ai attiré leur attention sur les informations que j'avais rassemblées, y compris plusieurs lettres de citoyens anonymes mécontents.

À ces mots, une infime fierté se glissa dans son cœur. Il avait lu ses propos, entendu sa voix, écouté ses arguments à l'époque. Ils étaient partenaires depuis des années, seulement ils ne s'en étaient pas encore rendu compte.

— Citoyen au singulier, rectifia-t-elle avec un sourire hésitant. Au moins pour quelques dizaines de ces lettres.

— *Non* !

Cette fois, il la regardait avec incrédulité. La nuque en feu, elle hocha la tête.

— Si.

Il éclata de rire.

— Si seulement les Lords savaient...

Le cœur de Diana se comprima. Colehaven la taquinait, certes, mais c'était exactement son plan. Mademoiselle Diana Middleton était peut-être impuissante et insignifiante, or Colehaven avait toute l'influence dont elle ne disposait pas. Il n'avait pas besoin de se cacher derrière des lettres anonymes. Il pouvait présenter les idées de la jeune femme au Parlement comme si elles étaient les siennes.

Un duc soutenant les opinions d'une personne ordinaire devant la Chambre des Lords serait le plus grand éloge auquel un roturier puisse aspirer, quel que soit son sexe. Un signe public de confiance absolue.

Il avait déjà défendu sa cause une fois auparavant. À présent, l'astuce consistait à le convaincre de s'engager dans une sorte de partenariat permanent.

— Ratafia ? proposa alors un valet de pied.

C'était le tour de Diana. Elle opina du chef.

— Oui, s'il vous plaît.

L'homme lui servit le vin épicé et sucré et lui remit son verre.

— Merci, murmura-t-elle.

Mais l'attention du valet de pied était déjà centrée sur le prochain invité dans la file d'attente.

Diana retourna sagement à sa place contre le papier peint. Ici, tout comme à la Chambre des Lords, c'était Colehaven qui était important et elle qui ne l'était pas.

Tout ce qui l'intéressait, c'étaient les bonnes œuvres qu'ils pouvaient mettre en place pour leurs concitoyens. S'ils devenaient amis, s'ils pouvaient être une *équipe*, ils ne devaient pas se limiter aux poids et aux mesures.

Elle serait honorée de consacrer son temps à tout projet de loi susceptible de faire appel à des recueils de données ou à son esprit analytique, et de mettre les choses en perspective pour imaginer les solutions possibles.

Diana s'était depuis longtemps résignée à une vie de dur labeur sans aucune reconnaissance. Aider un homme honorable, loyal et déterminé comme Colehaven à atteindre un plus grand succès serait tout aussi satisfaisant.

Mais, bien sûr, elle mettait la charrue avant les bœufs. Ce n'était pas parce que le duc avait écouté son avis dans le passé qu'il souhaitait le faire pour le reste de sa carrière.

Sans la regarder, Colehaven prit un verre de ratafia et s'en alla rejoindre ses amis haut placés et populaires.

Diana ne s'attendait pas à ce qu'il en soit autrement. D'ailleurs, elle avait même espéré qu'il n'insiste pas pour poursuivre leur conversation une fois qu'ils auraient atteint le serveur. Des preuves d'amitié en public susciteraient beaucoup plus d'attention et de commérages qu'ils ne souhaitaient en subir, l'un comme l'autre.

Et pourtant, une petite voix au fond d'elle regrettait qu'il se soucie du qu'en-dira-t-on. Toute amitié était légitime, qu'il s'agisse de deux Lords propriétaires du *Duc Fringant* avec toute l'Angleterre à leurs pieds... ou du duc de Colehaven et d'une orpheline insignifiante comme Diana.

Furieuse contre ses propres réactions, elle vida la moitié de son ratafia en une seule gorgée, se repliant dans ses ombres habituelles.

Des bribes de conversation, cependant, la retinrent encore un moment.

— Vous avez vu Colehaven ? chuchotait l'une des opulentes matrones à une autre. Si mon Agatha peut le convaincre de signer à nouveau son carnet de bal, je pense qu'elle a une chance.

— À nouveau ? répondit sa compagne. Quand a-t-il dansé avec Agatha une première fois ?

— La saison dernière, reprit fièrement la mère. Il a valsé avec elle à deux occasions différentes. Elle a toujours les cartes avec ses signatures, posées sur sa coiffeuse.

La compagne secoua la tête d'un air triste.

— C'était l'année dernière. Il y a de nouvelles débutantes à affronter. La jeune Lyndon a été présentée depuis une quinzaine de jours et on la considère déjà comme la coqueluche de la saison. C'est la nièce du comte de Fortescue et elle est très belle, tant dans son apparence que dans ses manières.

— Agatha est tout ce qui est de plus poli et convenable, assura sa mère avec chaleur.

— Elle a des *taches de rousseur*, chuchota alors son amie,

comme si ces mots eux-mêmes étaient contagieux. Un duc ne doit pas se contenter de moins que la perfection. Surtout pas un homme aussi jeune et beau que Colehaven. Si seulement mon Hester était un peu plus attirante...

Polie. Attirante. Parfaite.

Des mots qui n'avaient jamais été prononcés pour décrire Diana.

Aucun membre de sa famille n'avait de titre et elle ne pouvait en aucun cas améliorer les relations ou le rang de Colehaven. Elle était vieille, trop franche, tout le contraire de docile...

Inutile de se sentir déprimée ou vexée, s'intima Diana. Elle ne voulait pas qu'il *valse* avec elle. Elle avait juste besoin qu'il l'écoute. De temps en temps. En secret. Le reste n'avait pas d'importance.

Et qu'importe ce que son cœur pouvait ressentir à l'idée qu'il soit marié à une jeune femme insipide au physique parfait.

Elle regarda fixement son verre. Elle avait beau s'efforcer de nier ses sentiments, Colehaven était précisément le genre d'homme qu'elle voudrait, si toutefois elle pouvait se permettre de rêver à un compagnon tel que lui. Il était chaleureux, plein de principes, confiant...

Avec un temps de retard, elle se rendit compte qu'elle n'était pas retournée contre le mur du fond, à sa place attitrée, mais qu'elle s'était rapprochée de Colehaven et de ses pairs.

L'un d'eux remuait les sourcils de manière suggestive.

— Vous avez vu la récolte de cette année ?

Diana n'avait pas besoin de consulter son journal pour savoir qu'il ne parlait pas de pommes de terre. Ce qui manquait à Adolphus Fernsby en matière de liaisons haut de gamme, il le compensait par des flirts éhontés. Son nom figurait sur tous les carnets de bal... tant que leurs porteuses possédaient une dot conséquente.

Colehaven secoua la tête.

— Trop jeunes.

— Eh bien, il ne faut pas traîner longtemps, observa Fernsby. Si elles sont toujours là après deux ou trois ans, c'est qu'il doit y avoir un problème. En plus, ceux qui cherchent un héritier ont besoin de temps pour se perfectionner, au cas où les premières seraient des filles.

Un marquis, célèbre pour son amour de la chasse au renard, se tourna vers lui avec horreur.

— Subir une sœur *et* une fille ? Le destin ne peut être aussi cruel.

— Moque-toi, répondit Fernsby en prenant la mouche. Eh bien, j'espère que ta future femme ne donnera naissance qu'à des filles.

Le marquis fit mine de frissonner.

— Quelle terrible malédiction. Es-tu certain de ne pas être un bohémien ?

Fernsby s'éloigna en grommelant.

Sous cet angle, Diana ne pouvait pas voir l'expression de Colehaven, mais à sa voix, il était évident qu'il était agacé.

— Pourquoi croit-il que nous avons besoin de ses conseils pour savoir qui épouser ?

— Comme si la question se posait, répondit le marquis avec un soupir. Nous savons quel genre de femme convient à un duc. Nous ferons notre devoir quand il sera temps, sans que ces roses de la haute société viennent nous picorer comme des mères poules.

— Il fait une belle poule, remarqua Colehaven. Je

pense que c'est la façon dont ses cheveux se hérissent derrière.

— Ce style de coiffure a un nom, figure-toi, on appelle cela la « chouette effraie », et non la « mère poule », lui expliqua le marquis. Ce que tu saurais, si tu daignais jeter un œil aux quatre cents gravures de mode que ta sœur a commandées pour toi...

Colehaven gémit.

— Tu ne vas pas t'y mettre. Je pensais qu'en étant duc, j'étais dispensé d'être à la mode. Les jeunes femmes ne sont-elles pas censées s'intéresser plus à mon titre qu'à la façon dont je noue ma cravate ?

— Oh, c'est une cravate ? demanda poliment le marquis. Je pensais que tu avais oublié ta serviette ce matin.

— J'espère que tu seras maudit et que tu n'auras rien d'autre que des filles, fit Colehaven en plaisantant. Toutes des harpies.

Diana regardait son verre à moitié vide. Ils avaient raison. Personne n'avait besoin qu'Adolphus Fernsby ou quelqu'un d'autre leur rappelle quel genre de femme faisait une duchesse appropriée. Elle devait s'armer de courage pour le jour inévitable où Colehaven épouserait le « bon » genre de femme.

Le pire, c'était que Diana avait besoin de cela pour suivre le chemin qu'elle s'était donné. Pour que Colehaven puisse faire du bon travail, il devait être respecté par ses pairs. Ses décisions ne devaient pas être remises en question. Une femme aux lubies inattendues attirerait une attention inutile et détournerait leur attention des véritables objectifs.

— En parlant de mariage, reprit le marquis, je

remarque que la pupille de Thad n'est toujours pas mariée.

Bien à l'abri contre le mur, Diana se rapprocha juste assez pour voir l'expression de Colehaven.

— J'y travaille, assura-t-il à son ami. Trouver le meilleur parti, cela prend du temps.

— Tu n'as même pas trouvé de mauvais parti, souligna le marquis. Je ne l'ai vue en compagnie de personne d'autre que toi.

Le regard de Colehaven se fit plus acéré.

— Quand l'a-t-on vue en ma compagnie ?

— Quand tu as fait la queue pour ce verre de ratafia que tu n'as même pas touché, dit le marquis en inclinant la tête. Ce n'est pas ton genre de mettre autant de temps à gagner un pari. Si tu ne lui as pas encore trouvé preneur, ne serait-ce pas parce que tu...

— *Non*, interrompit fermement Colehaven. J'ai toujours su quel genre de femme il me fallait, et elle n'est certainement pas...

À ce moment, ses yeux rencontrèrent ceux de Diana.

Elle était contre un mur, presque hors de vue, mais d'une certaine manière, il avait senti sa présence.

Trop tard.

Elle détala, s'éloignant avant qu'il ne puisse l'appeler pour lui jurer qu'il allait tout lui expliquer.

Il n'y avait rien à expliquer. Il avait raison.

Chaque personne dans cette salle de bal savait quelles jeunes femmes étaient en lice pour décrocher un mari haut placé. Le nom de Diana ne figurait pas sur cette liste.

Colehaven, plus que quiconque, était parfaitement conscient de ses nombreuses lacunes à cet égard. Il était pragmatique. Le sens pratique était un trait de caractère qu'elle admirait. Il n'y avait donc aucune raison à ce que ses yeux soient cuisants de chaleur ou que sa gorge soit gonflée et à vif. Elle *savait* qu'elle ne convenait pas.

Elle n'était tout simplement pas prête à l'entendre le dire à haute voix.

Diana remit son verre de ratafia à un valet en sortant de la salle de bal. Dédaignant le premier couloir, elle poussa les portes latérales conduisant au jardinet.

Le souffle d'air vivifiant qui l'atteignit brusquement fit du bien à sa peau. Le ciel était clair et illuminé d'étoiles. Saisie par la fraîcheur nocturne, elle n'avait plus aucune envie de retourner dans la salle de bal. Non loin d'elle, un autre invité semblait préférer la solitude aux réjouissances.

Non, pas n'importe quel invité. C'était...

— Essayez-vous d'attraper le mal de la mort ? demanda le duc de Colehaven, les yeux écarquillés en la voyant.

Refermant une main chaude autour de son coude, il l'attira derrière une haie parfaitement taillée.

— Il ne fait pas si froid, protesta-t-elle. D'autres personnes sont dans le jardin.

— Les autres personnes portent des manteaux.

Il frictionnait ses bras nus.

— Et puis, il n'y a personne d'autre dans ce jardin. Retournez dans la salle de bal.

— Pour que vous puissiez gagner votre pari ?

Il ferma les yeux.

— Ce que je voulais...

— Comme je vous l'ai déjà dit, vous ne me contrôlez pas.

Elle leva le menton.

— Et aucun homme ne le fera jamais. *J'aime* vivre en célibataire.

— Personne n'aime vivre en célibataire.

— Si, les femmes déchues, répliqua-t-elle aussitôt. Elles jouissent de leurs libertés et de bien d'autres choses encore.

À vrai dire, chaque fois qu'elle le voyait, elle ne pouvait s'empêcher de regretter d'avoir une réputation à protéger. Si elle en avait la liberté, elle l'embrasserait en permanence. Et si elle n'avait aucune raison de se donner la peine de bien se comporter... Diana ne s'opposerait pas à jouer les vilaines filles.

Colehaven posa sa paume sur sa bouche.

— Personne ne doit vous entendre parler comme cela.

Qui donc ? Ils étaient seuls dans le jardin. Les moments volés n'équivalaient pas à une vie de liberté, certes, mais ils étaient d'autant plus précieux. Elle pressa le bout de sa langue contre sa paume.

Immédiatement, il retira sa main, les yeux sur le qui-vive.

— Diana.

— Si je ne suis pas contrainte de préserver ma vertu, dit-elle d'une voix douce, alors elle m'appartient et je peux la dépenser à ma guise. Je pourrais la parier.

Il lui saisit les deux bras.

— Si vous osez...

— Êtes-vous un parieur ? demanda-t-elle avec de grands yeux.

Ce n'était pas parce qu'elle ne pouvait pas l'avoir pour toujours qu'ils devaient renoncer l'un à l'autre. Pas encore, du moins.

— Je parie que vous ne pouvez pas fermer cette belle

bouche pendant cinq minutes et vous prouver que vous êtes insensible à une éternelle célibataire déchue.

— Je relève ce pari, répondit-il d'une voix éraillée. Mais ce n'est pas nécessaire. Vous et moi, nous ne sommes pas...

— On ne parle pas.

Elle posa un doigt sur ses lèvres en lui souriant.

— Et on ne touche pas. Enfin, vous. Moi, je peux faire ce que je veux pendant cinq minutes. C'est d'accord ?

Ses yeux dardaient des éclairs, mais il haussa les épaules d'un air détaché, comme pour la défier du pire.

Diana en avait bien l'intention. Il se plaisait à croire qu'il n'était pas gouverné par ses émotions, ses désirs. Elle avait cinq minutes pour lui prouver le contraire. Elle doutait d'avoir besoin de ces cinq minutes, mais elle voulait profiter de chacune d'entre elles. Son sourire s'agrandit.

Elle laissa son doigt retomber de ses lèvres. Si le vent était encore frais, elle ne le sentait plus du tout.

Son pouls s'accéléra avec impatience. Elle se dressa sur la pointe des pieds jusqu'à ce que sa bouche effleure l'endroit précis, sur sa lèvre, que son doigt avait touchée.

— Je suis assez proche pour vous embrasser, murmura-t-elle.

Chaque syllabe rapprochait ou éloignait sa bouche de la sienne, comme si chaque mot était un baiser, chaque phrase une promesse d'amour.

Au moment où il entrouvrait les lèvres, elle reposa la plante de ses pieds sur le sol, interrompant ce délicieux contact. Peut-être l'embrasserait-elle, peut-être pas. C'était son pari, après tout, pas le sien.

Elle posa le bout de ses doigts au centre de sa poitrine, juste en dessous de sa cravate.

Il portait trop de couches de tissu pour qu'elle puisse sentir les battements de son cœur, mais sa chaleur était presque brûlante.

Laissant ses doigts suivre le mouvement de son corps, elle entreprit de tourner lentement autour de lui, comme si elle flattait avec désinvolture un beau cheval chez *Tattersall's*.

Bien sûr, elle n'était jamais allée chez *Tattersall's*. Les ventes aux enchères de chevaux étaient réservées aux hommes, comme tout le reste. Tout, à l'exception de ce moment, ce pari, ces cinq délicieuses minutes où *elle* détenait le pouvoir.

Elle sentait les bras de Colehaven se contracter à son contact, comme si sa tentative de rester parfaitement immobile le mettait dans un état de tension extrême.

En passant derrière lui, Diana se permit le luxe de ralentir encore plus, faisant glisser le bout de ses doigts très progressivement sur ses larges épaules.

— Je n'ai plus froid maintenant, chuchota-t-elle contre sa nuque, où ses cheveux foncés formaient des boucles sur le blanc de sa cravate. J'imagine ce que cela ferait de toucher votre peau nue.

Il prit une petite inspiration audible.

Diana laissa un doigt descendre le long de sa colonne vertébrale. Elle avait formulé sa déclaration taquine de telle sorte que l'on pouvait se demander si elle n'avait jamais touché un homme ou si, au contraire, elle se plaignait de ne pouvoir l'ajouter à sa liste. Eh bien, qu'il s'interroge à loisir quand il serait marié à Madame Parfaite.

Son doigt s'aventura sous sa taille, puis changea de cap

pour continuer sa lente progression de l'autre côté, jusqu'à s'attarder sur le bouton de son pantalon.

Ses muscles se contractèrent visiblement. Sous cet angle, il pouvait la voir, et ses yeux la mettaient au défi de poursuivre son jeu dangereux.

Son doigt décrivit un cercle autour du bouton. L'avant de son pantalon changea d'inclinaison. Colehaven se tenait peut-être aussi immobile que possible, mais son excitation n'était pas cachée.

— Je veux le toucher, chuchota-t-elle.

Un gémissement monta de sa gorge.

— Mais je ne le ferai pas, poursuivit-elle. Si nous nous touchons, nous nous touchons l'un l'autre. Nous sommes égaux, ou nous ne sommes rien.

Il inclina les hanches vers sa paume, comme pour lui demander si cela ne ressemblait à *rien.*

— Quelles que soient les libertés dont vous pensez jouir en tant que célibataire, j'en jouis aussi en tant que demoiselle sans entraves. Ce que je fais de mon temps et de mon corps me regarde.

Elle lui enfonça les ongles dans le torse et approcha des siennes ses lèvres entrouvertes.

— Je les partagerai quand et comme bon me semble.

La chaleur de son regard la faisait fondre jusqu'aux tréfonds de son être.

Elle effleura sa bouche de la sienne.

— Les cinq minutes sont écoulées.

— Dieu merci, grogna-t-il en la plaquant contre l'arbre le plus proche.

Avant qu'elle ne puisse étouffer un cri, ses mains étaient dans ses cheveux et sa bouche tout contre la sienne.

Ce ne fut pas un baiser tiède et timide entre inconnus. C'était une revendication brute et possessive. Une demande de reddition.

Elle refusait de la lui accorder. Enfouissant les doigts dans ses cheveux, elle lui rendit son baiser, tout aussi passionnée. Chaque coup de langue et de dents, chaque avant-goût était une danse endiablée. Chacun marquait son territoire et perdait du terrain tour à tour, alors que chaque prise de contrôle les rapprochait un peu plus du précipice de la capitulation.

— Je ne suis pas à vous, souffla-t-elle entre deux baisers.

Il écarta les mains contre ses côtes, ses pouces frôlant le bas de sa poitrine de manière indécente.

— En ce moment, répondit-il, vous l'êtes.

— Attention, murmura-t-elle, approchant dangereusement l'une de ses paumes de l'avant de son pantalon. Si je suis à vous, vous êtes à moi.

— Alors, prenez ce que vous voulez, gronda-t-il. Je ferai de même.

Ses deux mains se posèrent sur ses seins et il reprit possession de sa bouche.

Le plaisir vibrait en elle alors qu'il effleurait habilement ses tétons – le plaisir, ainsi qu'une exquise et insoutenable pression entre les cuisses.

Enivrée, elle referma la main sur son pantalon et se réjouit d'y sentir une palpitation de chaleur intense. Que se passerait-il si elle...

Soudain, la musique provenant de l'intérieur se fit entendre jusque dans le jardin.

— Tu es *fou* ? gloussa une voix féminine. Il fait trop froid ici. Retournons au bal.

Diana et Colehaven retirèrent vivement leurs mains l'un de l'autre.

— Vous m'avez ensorcelé, lui chuchota-t-il.

— Et vous, vous me rendez stupide.

— Vous aussi.

Sur ce, il l'entoura de ses bras pour la serrer contre son torse.

Son cœur battait aussi vite que le sien.

Au bout d'un moment, il saisit le haut de ses bras pour la libérer à contrecœur.

— *Allez-vous-en*, lui ordonna-t-il. Tant qu'il vous reste un tant soit peu de jugeote.

Elle fronça les sourcils.

— Qu'est-ce que vous...

— J'ai besoin d'une autre minute dehors dans le froid, ou même d'une quinzaine, répondit-il non sans ironie. Vous, vous avez un tuteur qui pourrait mettre cette résidence sens dessus dessous pour vous chercher.

— Oh ! fit-elle, soudain glacée jusqu'aux os. Vous avez raison.

Avec un dernier regard par-dessus son épaule, Diana s'enfuit à l'intérieur de la maison avant que quelqu'un d'autre ne puisse les découvrir par hasard.

Le pari lui avait semblé une bonne idée, une occasion de prouver à Colehaven qu'il n'était ni aussi parfait ni aussi immunisé qu'il le croyait. Pour être honnête avec elle-même, c'était aussi une chance de bousculer l'hypocrisie permettant aux hommes de se comporter comme s'ils avaient le diable au corps alors que les demoiselles respectables étaient censées rester discrètes et pudiques.

Cependant, elle n'était pas certaine que l'un d'eux ait

remporté le pari. Plutôt que d'éteindre les braises, cette soirée les avait presque embrasées. La prochaine fois...

Diana secoua la tête. Il n'y aurait pas de prochaine fois. Ils avaient tous deux appris leur leçon. Dorénavant, ils allaient garder leurs mains pour eux.

Probablement.

CHAPITRE 12

*L*orsque Cole avait nié tout intérêt pour une femme comme Diana, il avait parlé par automatisme, car jusqu'alors, ces mots avaient toujours été vrais. Il savait quel genre de duchesse l'on attendait pour lui. Après avoir passé tant d'années à essayer de faire ses preuves, Cole ne se contenterait de rien de moins que la perfection en matière d'épouse.

Que Diana ait entendu ses propos... Ce n'était pas idéal, mais ce n'était pas non plus un mensonge. Elle devait s'y attendre.

Pourtant, quand leurs regards s'étaient croisés, ses mots lui avaient paru étranges. Comme s'ils n'étaient plus vrais, comme s'il se mentait à lui-même.

Peut-être était-ce pour cette raison qu'il avait demandé à son cocher de se rendre chez les Middleton, après un bref détour pour préparer un petit cadeau.

Cole s'approcha de la porte et donna quelques coups vifs avec le heurtoir.

Il ne pensait pas au mariage, bien sûr. Mais il ne négligeait pas cette éventualité. Après la veille au soir... Pour l'amour de Dieu, il avait senti ses tétons sous ses doigts !

Son corps frémissait chaque fois que le souvenir revenait à son esprit. À savoir toutes les cinq minutes environ depuis qu'il s'était enfui du jardin.

Cinq minutes. Il ne pourrait plus jamais entendre ces mots sans sentir les doigts de Diana Middleton contre son...

— Votre Grâce, dit le majordome. Quel plaisir de vous voir. Je crains que maître Middleton ne soit toujours au lit.

— Je suis là pour l'autre, répondit Cole, soupçonnant la jeune femme d'être la véritable maîtresse de maison.

Il croyait s'être lancé dans une partie d'échecs, pour découvrir qu'elle avait commencé la partie depuis des années et qu'elle avait toujours eu plusieurs coups d'avance.

— Acte de 1815, marmonna Cole. Quelle friponne.

Les yeux du majordome s'arrondirent.

— Plaît-il, Votre Grâce ?

Cole répondit avec un sourire placide.

— Mademoiselle Middleton, s'il vous plaît.

— Très bien.

Le majordome lui fit signe d'aller attendre au petit salon.

— Je vais voir si elle reçoit.

Cole prit place sur le canapé, avant de se lever d'un bond pour se ruer vers une chaise à dossier évasé. Avec Mademoiselle Middleton, il ne se sentait pas en confiance à proximité d'un canapé. Même si elle pénétrait dans le salon vêtue d'une casquette et d'un tablier.

Lorsqu'elle arriva, elle portait une robe rose foncé

ornée de gaze blanche rayée. Ses cheveux blonds étaient ramenés sur sa tête en élégantes boucles dorées. Elle n'avait jamais été aussi belle.

Quant à sa bonne... elle n'était nulle part.

— Où est votre chaperonne ? demanda-t-il.

Elle battit innocemment des cils.

— En avons-nous besoin ?

— Il nous en faut sept ou huit. À ce stade, des menottes en fer ne feraient pas de mal non plus.

Ses lèvres frémirent aux commissures lorsqu'elle répondit :

— Nous devrons nous contenter de Betty.

Elle sonna la cloche, puis se percha sur le bord d'un fauteuil étroit en face de lui, évitant sagement le canapé.

— J'espère que vous n'êtes pas venu vous excuser pour hier soir. Cela m'a plu.

— J'aimerais le refaire, dit-il en toute franchise. Mais c'est une terrible idée. Cela aussi, sans doute.

Il lui remit le paquet.

— Dites donc, fit-elle, surprise, en déposant le lourd cylindre entre ses cuisses. Qu'est-ce que c'est ?

— Un quart de gallon d'alcool raffiné, dit-il avec sérieux. Mesuré avec la même méthodologie que pour le huitième de boisseau des matières sèches.

— Quelle canaille, le gronda-t-elle avec amusement. Maintenant, j'ai plus envie de le peser que de le déballer.

Une femme de chambre apparut sur le seuil.

— Dieu merci, souffla Cole en lui faisant signe. Vous devez nous chaperonner.

Diana leva un doigt pour faire patienter la bonne.

— Mais d'abord, va me chercher mon assortiment de balances, Betty.

— Un moment... quoi ? bégaya Cole.

Mais la servante était déjà partie. Diana lui sourit.

— Elle va revenir, ne vous inquiétez pas. Bon, je suis incapable d'attendre avant d'ouvrir un cadeau.

Elle retira la ficelle du paquet et fit glisser le contenu de son emballage en papier brun. Ses yeux rieurs rencontrèrent alors les siens.

— Un petit baril de bière ?

Il vissa le robinet.

— Un baril de bière rempli de...

— Chut, gronda-t-elle. Vous allez gâcher la surprise.

Alors qu'elle s'apprêtait à sonner une autre cloche, un valet arriva avec un petit plateau à thé.

— Merci, tu es un prince parmi les hommes, dit Diana à son domestique.

Ignorant la bouilloire, elle versa la bière dans deux tasses à thé.

Cole se racla la gorge.

— J'ai de nombreux verres monogrammés dans mon fiacre.

Elle déposa une tasse mousseuse et un petit gâteau sur une soucoupe et remit l'ensemble à Cole, qui accepta sans sourciller.

— Si cela doit me dissuader de profiter des beaux ducs dans des jardins déserts, vous faites un travail déplorable, l'avertit-elle.

— C'est peut-être pour vous dissuader de profiter d'*autres* ducs, suggéra-t-il. Est-ce que l'un de ces demeurés vous a apporté de la bière qu'il a brassée lui-même ?

— *Votre* bière ? s'exclama-t-elle avec ravissement. Fraîchement venue du *Duc Fringant* ?

— On ne peut plus fraîche, lui assura-t-il. Sentez-vous

libre de commenter la supériorité évidente de l'équilibre des arômes par rapport aux jus infâmes offerts dans toutes les autres tavernes.

Elle baissa la tête jusqu'à la tasse et inspira profondément.

— J'espère que votre personnel de cuisine a suivi ma suggestion sur l'orge.

— Vous avez parlé à mon personnel ? Vous êtes allée dans ma taverne ?

Il la regardait avec incrédulité.

— Avez-vous déjà essayé ma nouvelle bière ?

— C'est un beau cadeau, et une bière exceptionnelle. Je n'en ai pas eu le plaisir et je suis vraiment ravie de remédier à cette lacune.

— Bien. C'est la cuillerée de sucre qui va adoucir ce que je suis venu vous dire.

Elle versa encore un peu de bière dans sa tasse.

— Je suis tout ouïe. Allez-y.

— Je ne regrette pas ce qu'il s'est passé hier soir, commença-t-il.

— Dieu merci.

Elle leva les yeux.

— Je ne voudrais pas gaspiller une si bonne bière en vous la jetant au visage.

— *Mais*, poursuivit-il, je crois que l'honnêteté est la seule politique, alors je me dois d'être clair sur mes intentions.

— Vous n'en avez pas. Moi non plus.

Elle prit une gorgée de bière.

— Je pensais que nous en avions déjà parlé hier soir.

— C'était avant que votre main ne se pose sur mon...

— Vos balances, madame, annonça soudain la bonne, un peu essoufflée.

— Merci, Betty, répondit Diana, les sourcils froncés à l'attention de Cole. Devrait-elle nous chaperonner pour cette conversation, ou faut-il que je la renvoie dans la pièce d'à côté ?

— Prenez un peu de repos et ce shilling, dit-il en lançant une pièce de monnaie à la servante. Quelle que soit la somme que l'on vous paye, ce n'est pas assez.

La domestique fit une révérence et glissa la pièce dans une poche cachée.

— Hâtez-vous de revenir si ce salon devient étrangement calme, l'avertit Cole.

— Ou pas, renchérit Diana en lançant à la jeune fille une pièce de monnaie du même montant. Peut-être dormiras-tu si profondément que tu oublieras complètement cette visite au moment où mon cousin se réveillera.

La femme de chambre se tourna alors vers Cole, dans l'expectative.

Il lui fallut un instant pour comprendre ce qu'elle attendait.

— Qu'est-ce que...

Il décocha un regard incrédule à Diana.

— Est-ce là ce que vous faites toute la journée, Thaddeus et vous ? Corrompre vos propres serviteurs à tour de rôle ?

Sans lever les yeux de sa petite tasse de bière, elle répondit évasivement :

— Hmm ?

Cole lança à la bonne une demi-couronne.

— *Chaperonnez-nous*. Je suis une canaille sans scrupules. Tout peut arriver.

— C'est un duc, dit Diana à sa servante.

Cette dernière adopta une mine contrite avant de se retirer pour les laisser faire ce qu'ils voulaient.

— Impressionnant, déclara Cole. Je vous ai apporté de la bière parce que vous ne pouvez pas entrer dans ma taverne sans ruiner votre réputation, mais je commence à craindre pour la mienne si je passe une heure dans ce salon.

— Motus et bouche cousue, lui rappela-t-elle. Ce sera comme si rien n'était jamais arrivé. Maintenant, retirez vos vêtements.

Un rire spontané jaillit de sa gorge et il tendit les mains.

— Donnez-moi ce baril. Deux onces de bière, c'est clairement plus que vous ne pouvez le supporter.

— Donné, c'est donné, dit-elle en agitant le doigt. Pourquoi êtes-vous vraiment venu me voir ?

Parce qu'il souhaitait qu'il existe un moyen.

Il l'appréciait et il souhaitait que le sentiment soit réciproque. Cette femme apportait une perspective nouvelle aux choses qu'il pensait pourtant connaître de fond en comble. Il la désirait, aussi, et il savait qu'elle le désirait.

Cependant, il ne savait pas ce qu'il convenait de faire, sans compter qu'elle devait l'accepter.

— Est-il vrai qu'une femme sur quatre ne se marie jamais ? demanda-t-il.

À ce moment précis, elle leva les yeux de sa bière, étonnée.

— Je ne citerais pas de chiffres si je n'étais pas certaine de mes données.

— Voilà, ça ! dit Cole. C'est pour cela que je suis ici. Je vous *crois*. Vous tenez vos chiffres d'une source sûre...

— Plusieurs sources, lui assura-t-elle. J'ai au moins une douzaine de journaux sur la démographie de la population anglaise en constante évolution, avec données dûment sourcées.

Évidemment, songea-t-il. Elle avait probablement un journal exclusivement consacré aux ducs autoritaires qui donnaient des conseils non sollicités et volaient des baisers à répétition. Il décida de ne pas lui poser la question.

— La plupart des filles collectionnent les gravures de mode d'Ackermann, plaisanta-t-il, adoptant une intonation aussi moralisatrice que possible pour faire mine d'être déçu par son désintérêt en la matière.

— Comme beaucoup de femmes, répondit-elle, je possède les collections complètes d'Ackermann et de *Costumes Parisiens*. Il le faut, pour la recherche.

Il cligna des paupières.

— Alors, pourquoi êtes-vous toujours...

— Outrageusement mal fagotée ? demanda-t-elle avec un sourire. Comme c'est délicat de me le signifier.

— Je suis irrémédiablement attiré par les personnes outrageusement mal fagotées, lui rappela-t-il. Vous vous souvenez peut-être d'un certain moment, hier soir, quand mes doigts...

— Erreur d'orientation, l'interrompit-elle alors que ses joues viraient au rose. Mes libertés se multiplient de façon exponentielle quand je suis presque invisible à l'œil nu.

Il la soupçonnait d'avoir utilisé le mot « nu » pour détourner son attention, mais ses paroles avaient fait naître une lueur d'espoir.

Évidemment, il ne pouvait pas faire la cour à Diana comme elle le faisait si ostensiblement avec lui. Dès le moment où sa double vie serait révélée, le scandale la détruirait, tout comme la réputation qu'il essayait de se bâtir au Parlement. Mais cela lui prendrait du temps pour la dissuader de mener ses enquêtes secrètes.

Si Diana en savait deux fois moins sur la mode que sur les poids et mesures, elle pourrait avoir une allure de duchesse en l'espace d'un après-midi.

Ou d'une matinée. Il jeta un coup d'œil à l'horloge sur la cheminée. Neuf heures et demie. Avait-il vraiment apporté de la bière à une jeune femme, chez elle, à neuf heures et demie du matin ?

— À quelle heure Thaddeus se réveille-t-il ?

— À midi, dans ses bons jours.

Elle inclina la tête en ajoutant :

— Mais plutôt vers treize heures, la plupart du temps. Pourquoi ?

Il se leva.

— Faites apporter votre manteau. Nous allons faire des emplettes.

C'était le moment idéal pour cela. Comme Thaddeus, la plupart des aristocrates dormaient encore. Ils pouvaient se rendre chez le marchand de tissus et en revenir sans que personne ne s'en aperçoive.

Il décida d'emmener tout de même la femme de chambre, qui les attendait dans le salon voisin. Il n'allait certes pas assommer Diana Middleton de baisers en plein milieu de la boutique, mais le chaperonnage ne pouvait pas faire de mal.

— *Broomall's*, sur Bond Street, dit-il à son cocher.

Il aurait pu laisser les dames s'asseoir dans le sens de la marche et prendre place sur la banquette opposée, mais comme personne ne pouvait voir à l'intérieur du fiacre et qu'ils étaient sous surveillance, il ne dérogeait pas vraiment à la bienséance en s'asseyant avec sa hanche contre la sienne.

— Je croyais que vous détestiez les boutiques, déclara Diana une fois que le fiacre se mit en branle.

Cole cligna des yeux, pris au dépourvu.

— J'ai horreur de faire les boutiques.

En l'occurrence, c'était différent. Ce n'était pas pour *lui*. Ou du moins, indirectement. La seule façon de demeurer digne tout en continuant à voir Diana, c'était de la rendre tout aussi respectable. De lui en donner l'apparence. Il n'attendait pas cette sortie avec crainte, mais plutôt avec une certaine excitation.

Comment serait-elle, une fois habillée à la dernière mode ? Sans parler de mode, comment serait-elle avec des froufrous bariolés au lieu des tissus gris et ternes qui se fondaient avec le papier peint ?

Cole prit conscience avec un moment de retard que Diana devait avoir un journal entier consacré aux revêtements muraux de chaque famille aristocrate, afin de mieux disparaître partout où elle allait.

— De quelle couleur sont les murs du salon des Ridding ? s'enquit-il.

— Damas bleu-gris, avec des lambris de chêne dans le salon principal, papier vert clair à motifs d'olives dans le salon secondaire.

Elle fronça les sourcils en ajoutant :

— Pourquoi, allons-nous acheter du papier peint ?

— Loin de là, assura-t-il alors que le fiacre s'arrêtait.

Le cocher ouvrit la porte et aida ces dames à sortir de la voiture.

Cole descendit derrière elles.

Il ne connaissait pas grand-chose aux tissus et aux toilettes, mais sa sœur ne cessait de parler de *Broomall's*, alors ce devait être un bon point de départ. À l'intérieur, c'était un vrai dédale, avec des rangées de rouleaux de tissu à perte de vue.

Un préposé aux yeux brillants s'empressa de venir les saluer.

Alarmé, Cole pencha la tête vers l'oreille de Diana.

— Vous n'êtes pas venue ici habillée comme une servante, n'est-ce pas ?

— Il n'y a pas de denrées consommables dans ce magasin, répondit-elle à mi-voix. Je me concentre sur les produits vendus au poids, humides ou secs.

C'était sans danger. Soulagé, Cole remit une carte à l'employé.

— Nous achèterons tout ce que veut la dame.

Le préposé pressa la carte contre sa poitrine et demanda :

— *Tout* ce que veut la dame ?

— Absolument tout ? fit Diana en écho, le regard si pétillant que c'en était suspicieux.

— À condition que ce ne soit pas de couleur grise ni facilement confondu avec du papier peint, s'empressa de préciser Cole. Tout ce qui est attrayant et à la mode, selon ce que désirera la dame. Et même, tout ce qui est attrayant et à la mode, même si la dame ne le désire pas. Il n'y a pas de limites.

Agitant les mains vers les rangées de tissu, il ajouta :

— Laissez votre magie opérer.

L'employé hocha docilement la tête.

— Toute la magie et la mode que la dame voudra.

— Dans ce cas...

Diana s'avança à côté du marchand et tendit un doigt ganté vers Cole.

— Quelque chose pour remplacer ce gilet, vous ne pensez pas ? Et cette veste ! Regardez la coupe de l'ourlet et la longueur des manches. Cet ensemble paraît dater de 1812.

— 1812 a été une très bonne année, protesta Cole. Nous avons adopté la loi sur l'égalité des enfants en bas âge devant la loi, célébré le cinquième anniversaire du *Duc Fringant*... De toute manière, nous ne sommes pas là pour *moi*.

— Vraiment ? demanda-t-elle, battant des cils dans une innocence feinte. Vous avez dit « tout ce que la dame veut », et ce que je veux, c'est que vous soyez indubitablement le duc le plus élégant que Londres ait jamais connu.

Cole secoua la tête.

— Cessez vos ruses, Diana. Vous savez très bien ce que je voulais dire.

— Ce n'est pas pertinent.

Elle lui tapota le bras comme pour le consoler.

— En tant que législateur, vous devez savoir que ce qui est *dit* dépasse ce qui est *signifié*. Je me conformerai pleinement à la lettre de la loi et je dépenserai votre argent exactement comme je le souhaite, conformément à la consigne. Si vous regrettez maintenant cet ordre, peut-être y penserez-vous la prochaine fois que le Parlement discutera de la clarification et de la simplification des...

— Oui, oui, lui assura-t-il. Des poids et des mesures. Prêtez-moi vos journaux de bord les plus intéressants lorsque nous retournerons chez vous et je les lirai. En attendant, nous ne quitterons pas cette boutique tant que vous n'aurez pas sélectionné suffisamment de tissus pour commander une robe du matin et une robe du soir pour chaque jour de la saison.

Le préposé sembla défaillir de bonheur à cette perspective.

— C'est à dessein que je m'habille simplement, lui rappela Diana. J'ai des préoccupations plus essentielles que d'être choisie comme partenaire de danse. Je ne suis pas l'une de ces greluches futiles qui n'ont entre les oreilles que des boutons de rose brodés et de la dentelle.

— La dentelle n'est pas un signe absolu de futilité, souligna-t-il. De jolies robes ne vous empêcheront pas d'être la femme la plus intelligente de l'assemblée.

Ses traits se radoucirent.

— Vous pensez que je suis la femme la plus intelligente de l'assemblée ?

— Vous êtes souvent la *personne* la plus intelligente de l'assemblée.

Son regard était d'une honnêteté sans faille lorsqu'il ajouta :

— Si vous pensez que les vêtements à la mode aveugleront les autres sur cette vérité, sachez que les plumes d'autruche et les perles ne sont pas un déguisement moins puissant que la mousseline brunâtre.

Les yeux plissés, en proie à une intense réflexion, Diana porta un doigt à son menton. Elle semblait parcourir un échiquier par la pensée, à la recherche du meilleur moyen de contrer un échec et mat.

— Très bien, dit-elle comme si la visite de la matinée avait été son idée. Tant que pour chaque robe que je choisis, nous vous commandons aussi quelque chose de neuf.

Soudain, plusieurs femmes drapées dans des longueurs

de ruban et armées d'épingles et de ciseaux firent leur apparition.

Cole recula d'un pas.

— Un gentleman n'a pas besoin d'une nouvelle tenue deux fois par jour pendant la durée de la saison. Le daim est choisi pour sa durabilité, précisément parce qu'on peut le réutiliser à maintes reprises. Personne ne chuchote dans votre dos si vous portez la même cravate deux fois en une semaine.

Elle croisa les bras sous ses seins et attendit.

— Pour l'amour de...

Il se passa une main dans les cheveux.

— Vous êtes pire que votre sœur.

Diana se renfrogna.

— Vous n'aimez pas votre sœur ?

— Bien sûr que si, j'aime ma sœur ! s'écria Cole avant de regretter son emportement lorsque le sous-entendu évident plongea le magasin dans un silence gênant.

Il s'empressa de changer de sujet en balbutiant.

— Autant de robes que possible pour la dame, et... une douzaine de vestons et de gilets pour moi. Fin de la discussion.

Bien que ce résultat ne corresponde pas à l'égalité parfaite de traitement qu'elle avait exigé avec effronterie, l'humour dans les yeux de Diana indiquait qu'elle se considérait comme le vainqueur de cette joute.

Cole avait fini par se ranger de son avis.

Le Parlement pourrait tirer un bénéfice certain de cette force de la nature qu'était Diana Middleton, à la tête de ses comités. En y réfléchissant bien, elle pourrait faire bien plus que grenouiller à la Chambre des Lords. En y mettant du sien, elle pourrait devenir en un rien de temps une grande dame de la société au même titre que Lady Jersey.

En fait, c'était ainsi qu'il justifierait auprès de Thaddeus les dépenses du jour. Il voulait que sa pupille se marie, n'est-ce pas ? Eh bien, Cole facilitait le processus. Non pas en transformant Diana en une personne qu'elle n'était pas, mais en la révélant comme la femme forte, douée, belle et fougueuse qu'elle était déjà. La prochaine fois qu'elle entrerait dans une salle de bal, *personne* ne l'ignorerait.

Cette image lui coupa le souffle alors qu'il regardait les couturières roucouler sur les choix de tissu autour de Diana. Devant sa connaissance presque encyclopédique de la mode et de la confection, elles se bousculaient pour lui présenter les meilleures étoffes et débattre des ornements dernier cri à Paris.

— Vous serez la coqueluche de l'année, s'exclama l'une des petites mains.

Diana secoua la tête, dubitative.

— J'ai sept ans de trop pour devenir la favorite, j'en ai peur.

Était-ce vraiment le cas ?

Cole ne doutait pas que Diana en savait autant sur la société et ses acteurs que sur les gallons de Rumford et la gaze appropriée pour la mousseline. Avait-il cru qu'elle ne serait pas capable d'assumer le rôle de duchesse ? Du jour au lendemain, Diana allait faire passer pour des novices les siècles de duchesses qui l'avaient précédée.

Felicity tenait actuellement sa maisonnée d'une maîtresse main, mais bien sûr, elle n'y serait pas éternellement. Même si personne ne pouvait remplacer sa sœur, Cole était convaincu que Diana saurait diriger un foyer.

D'ailleurs, Thaddeus n'avait-il pas dit que la première initiative de Diana en devenant sa pupille avait été de réorganiser sa maison de fond en comble afin d'en optimiser l'efficacité ?

Cole ne pouvait pas imaginer de réaction plus digne de Diana.

Quant à sa vie secrète... et si elle n'avait pas à rester secrète ? La duchesse de Colehaven aurait plus de déférence que le sous-secrétaire timide d'un avocat imaginaire. Peut-être même pourraient-ils partir en mission ensemble.

Non qu'ils aient besoin de le faire pendant bien longtemps. Cole avait déjà fait pression avec succès sur la réforme des poids et mesures. Il ne doutait pas qu'il serait capable de recommencer. Ce n'était peut-être pas exactement ce que Diana envisageait, mais leurs objectifs étaient similaires. Améliorer la vie quotidienne de leurs concitoyens.

— Et maintenant, Votre Grâce, annonça le préposé en s'approchant de Cole avec des rames de tissu dans ses mains.

Cole le fixa du regard.

— Comment pouvez-vous avoir déjà terminé de choisir tous les boutons et étoffes nécessaires pour une saison complète de robes ?

Les yeux du commerçant s'arrondirent avec admiration.

— Votre amie est d'une efficacité redoutable.

CHAPITRE 13

mie. C'était ainsi que le commerçant avait décrit la relation de Cole avec Diana.

Ce n'était pas tout à fait faux, mais c'était loin de correspondre à ce qu'il voulait.

Lorsqu'il raccompagna Diana chez elle, il l'invita à dîner dans sa résidence ducale le soir même. La sœur de Cole ainsi qu'une armée de serviteurs seraient là pour jouer les chaperons, mais il l'encouragea tout de même à inviter elle aussi son cousin et autant de dames de compagnie qu'elle le souhaitait.

Il voulait faire les choses correctement.

Cependant, il y avait d'abord la question d'un certain pari dont il fallait discuter. Il laissa un mot à Thaddeus afin qu'il le rejoigne dès que possible, puis il dirigea son cocher vers le *Duc Fringant*.

— Colehaven !

Tel était le refrain familier qu'il entendait chaque fois qu'il quittait le froid de la rue pour entrer dans la taverne, avec des verres qui s'entrechoquaient et des visages souriants.

Il se rendit à sa place habituelle à côté d'Eastleigh.

— Je renonce au pari, annonça-t-il.

— On ne peut pas renoncer à un pari.

— Mais on peut perdre ! s'écria quelqu'un d'autre.

Des rires s'ensuivirent, mêlés au tintement des chopes.

— Il ne peut pas avoir *perdu*, déclara Eastleigh.

— À cause de sa chance légendaire ? demanda l'un de leurs compagnons.

— Dix ans, ce n'est pas suffisant pour une légende, précisa quelqu'un d'autre.

— Tu as jusqu'à la fin de la saison, lui dit Eastleigh, surpris. Je ne t'ai jamais vu abandonner, encore moins avec quatre mois d'avance.

— Ce n'est pas une capitulation, lui assura Cole. Je suis à la veille de la bataille, au contraire.

Aussi habile que Diana puisse l'être aux échecs, il doutait qu'elle ait prévu son prochain coup. Mais si Cole s'y engageait, il ne ferait pas les choses à moitié. Il la convaincrait que leur union était le meilleur avenir possible.

— Allez me chercher le livre des paris, cria Eastleigh avant de baisser la voix pour demander à Cole. Est-ce que Thad le sait ?

— Je lui ai demandé une audience pour cet après-midi, répondit-il en secouant la tête.

Quelque chose dans sa voix ou son visage avait dû éveiller les soupçons, car les yeux verts d'Eastleigh se plissèrent.

— La *dame* est-elle au courant ? demanda-t-il sèchement.

— Je ne suis pas sûr qu'elle s'en doute, mais je lui dois à la fois l'honnêteté et le respect. Je ne peux pas lui demander sa main alors que mes amis ont tous misé de l'argent qui dépend du résultat.

— Beaucoup le feraient sans se gêner, répondit Eastleigh alors que le livre des paris passait de mains en mains dans sa direction.

Cole secoua la tête.

— Alors, ce ne sont pas des gentlemen.

Si Diana rejetait sa demande, Cole n'éprouverait aucun plaisir à la marier à quelqu'un d'autre. Gagner le pari était sans valeur, si pour cela il devait perdre Diana. Si la soirée ne se déroulait pas comme il l'espérait... eh bien, il aurait perdu les deux.

Il agrippa les bords de sa chaise, les mains soudain moites. Que ferait-il si Diana ne lui rendait pas son affection ?

Eastleigh ouvrit le livre des paris et accepta la plume et l'encre d'une serveuse. Puis il écrivit la date avec un grand geste, suivie des mots : « forfait officiellement consenti ». Enfin, il tendit la plume à Cole.

— Dernière chance, lui dit-il d'un ton amène. Si tu signes, c'est acté.

Cole posa la pointe sur le papier.

CHAPITRE 14

C'est le meilleur *Banbury cake* que j'aie jamais mangé, déclara Diana en posant sa serviette pliée à côté de son assiette vide.

Pour une raison quelconque, son cousin Thaddeus avait refusé de se joindre à elle pour le dîner chez Colehaven. De mémoire, elle n'avait encore jamais entendu son cousin refuser une occasion mondaine, mais l'invitation avait été lancée le jour même. Thad était sans doute engagé ailleurs, et plutôt deux fois qu'une.

— Je suis ravie que cela vous ait plu, dit Felicity Sutton avant de lancer un regard malicieux à son frère. Les *Banbury cakes* sont l'un des desserts préférés de Cole. Si vous l'aviez boudé, il vous aurait probablement flanquée à la rue séance tenante.

— Un gentleman ne flanque pas les dames à la rue, répondit Colehaven à sa sœur. Il les dépose avec délicatesse dans le froid et les laisse se débrouiller seules.

— Dans ce cas, je suis contente d'avoir réussi le test, déclara Diana en souriant.

C'était peut-être pour le mieux que Thaddeus ait été trop occupé pour les rejoindre. Diana était presque certaine qu'elle avait aussi mangé sa part.

— Avec Cole, rien n'est aussi simple qu'un *test*, dit Lady Felicity en roulant des yeux d'un air de conspiratrice. Il pense que la vie est une partie d'échecs.

L'excitation saisit Diana et elle se tourna vers Colehaven.

— Alors, vous jouez vraiment ? demanda-t-elle, agitant le doigt en signe de fausse accusation.

Il lui rendit son sourire.

— En avez-vous jamais douté ?

— Vous n'allez pas vous y mettre, gémit Lady Felicity. Bon, allez commencer une partie. Je viendrai dès que j'aurai fini de... euh... de repriser tous les boutons de la maison, ou de compter chaque morceau de charbon dans le feu, ou toute activité qui m'évitera l'humiliation de perdre en moins de dix coups.

Diana leva un sourcil amusé vers Colehaven.

— La reine en H4 ?

— La reine en H4, confirma-t-il tristement.

— Oh non ! maugréa Lady Felicity en se levant. Je refuse de rester assise à la table alors que de telles absurdités sont débitées en ma présence. Retrouvez-moi quand vous serez prêts à discuter calèches et brandy comme des personnes normales.

— Les débutantes normales ne savent pas faire la différence entre un cabriolet-milord et un coupé, observa Colehaven alors que sa sœur prenait congé.

— Je suis une vieille fille, à présent, pas une débutante, lança la voix de Felicity depuis le couloir. Pourquoi monterais-je dans une voiture sans en comprendre le fonctionnement ?

Le sourire de Diana s'estompa lorsque l'expression de Colehaven suggéra que la remarque sur la « vieille fille » l'avait touché de près.

— Vous êtes inquiet pour votre sœur ? demanda-t-elle.

Sa mine déconfite lui alla droit au cœur.

— Vingt-quatre ans, ce n'est pas vieux, n'est-ce pas ?

— Disons que c'est une ancienne débutante, répondit Diana. Ce n'est pas non plus la fin du monde. Regardez-moi, par exemple.

Le regard de Colehaven redoubla de gravité. Il avait rarement détourné le regard de Diana depuis qu'elle était descendue de son fiacre. Elle déglutit avec peine.

— Où est ce fameux jeu d'échecs ? demanda-t-elle, espérant détourner l'attention de ses joues, qu'elle devinait cramoisies.

Il tendit la main pour l'aider à se lever.

— Par ici.

Le salon privé dans lequel il la conduisit semblait avoir été conçu en fonction du jeu d'échecs. Il y avait des livres le long des murs, un buffet avec du vin et des verres, et même une espinette dans un coin, mais la vedette de la pièce était ce chef-d'œuvre d'ébène et de buis finement sculpté, sur une planche d'acajou centrée juste en dessous du lustre de cristal.

Le cœur de Diana eut un soubresaut et elle s'empressa d'aller voir de plus près.

— J'ai presque peur de toucher une chose aussi belle, dit-elle avec admiration.

Le regard de Colehaven se réchauffa.

— C'est un sentiment familier.

Elle rougit et passa un doigt sur le bord de la table cannelée.

— Les noirs ou les blancs ?

Il tendit la main.

— Les dames d'abord.

Elle prit place devant ses seize pièces de buis, hésitant à en déplacer une de peur de troubler la perfection artistique du plateau.

— Que font les Lords au Parlement cette année ? s'enquit-elle.

Le sourire taquin de Colehaven lui donna le frisson jusqu'au bout des orteils.

— Vous espérez me distraire avec la politique ? Je pourrais discuter de la loi sur l'hydromètre de Sikes dans mon sommeil.

— Discutez donc, fit-elle en ouvrant avec le pion du roi. Je ne trouve rien de plus agréable que les esprits forts.

— Sauf les poids et les mesures ?

— Je frissonne à chaque mot que vous prononcez. C'est comme si vous me parliez de poésie.

Le pion du duc s'avança à la rencontre du sien.

— La plupart d'entre nous font partie de plusieurs comités à la fois. J'espère faire de plus amples progrès sur la dette nationale.

Elle sourit en déplaçant un pion en buis.

— Retirez la question du budget à ceux qui dépensent sans compter.

— Si seulement c'était aussi simple.

Il effleura son pion du bout des doigts.

— Ce n'est pas que le gouvernement devrait dépenser moins d'argent, c'est que nous devrions le dépenser plus efficacement.

— J'ai des suggestions, rétorqua-t-elle aussitôt. La presse aussi en regorge.

Il captura son pion.

— J'imagine que vous aimez débattre autant que vous aimez les échecs.

— J'ai moins l'habitude de débattre, admit-elle en faisant glisser son fou sur l'échiquier. Thad souffre lorsqu'il joue avec moi, mais il n'est pas Lord. Ma connaissance des questions d'actualité me vient des journaux. La moitié du temps, nous n'entendons pas parler des lois avant qu'elles ne soient déjà promulguées.

— Nous pourrions changer cela, proposa Colehaven alors que sa dame quittait sa case d'origine. Contre toute attente, j'aime bien débattre avec vous.

— J'aimerais pouvoir assister aux galeries, dit-elle avec envie, tout en déplaçant son roi. Les femmes étaient admises, autrefois. Pourquoi leur avoir retiré ce privilège ?

— C'est un manque de vision, répondit-il en soupirant. J'aimerais édicter les règles.

Elle éclata de rire.

— Vous créez les lois qui régissent tout le pays. Si ce n'est pas « édicter les règles »...

Avec un sourire malicieux, il joua un pion.

— C'est juste. Je vais voir ce que je peux faire.

Diana ne regardait pas l'échiquier, mais Colehaven. Ouvrir à nouveau les galeries aux femmes était une demande impossible. Elle le savait. Il le savait aussi. Et pourtant, elle ne doutait pas qu'il essaierait pour elle.

Cela lui donna envie de l'embrasser à nouveau.

Elle n'avait jamais vraiment cessé de le vouloir. Elle n'avait pensé à rien d'autre depuis leur moment de folie, seuls dans le jardin. Même ce matin, alors qu'il semblait si désespéré à l'idée d'être équipé de nouveaux gilets, elle avait résisté à grand-peine à l'envie de placer ses mains de part et d'autre de son visage et de lever ses lèvres vers les siennes.

Lorsqu'elle captura son pion avec son fou, ses doigts tremblaient. Contrairement à ce matin, sur Bond Street, ils étaient seuls à présent. Elle n'avait pas amené son cousin ni même une dame de compagnie. Son personnel était commodément absent. Même Lady Felicity avait disparu sous le plus infime prétexte, les laissant continuer la soirée à leur guise.

Si Diana devait s'adonner à un moment de passion insouciante avec un beau duc, elle ne pouvait guère demander de circonstances plus favorables.

Elle leva les yeux et le regarda par en dessous. Pensait-il la même chose ?

Un chevrotement inhabituel possédait sa voix lorsqu'elle s'aventura à demander :

— Votre Grâce ?

— Juste ciel.

Il se redressa comme si elle l'avait giflé.

— Ne dites plus jamais *cela*. Je suis Colehaven pour la plupart, et Cole pour mes amis.

Enhardie, elle s'humecta les lèvres et se pencha légèrement vers lui.

— Sommes-nous seulement... amis ?

Contrairement à ce qu'elle rêvait, il ne fit pas taire cette question insolente en approchant sa bouche de la sienne et en lui faisant l'amour juste là, sur l'échiquier.

— Préférez-vous... être duchesse ? demanda-t-il à la place.

Ce fut le tour de Diana de reculer, atterrée.

— Quoi ? bredouilla-t-elle. Non !

— Je fais tout de travers, admit-il avant de se tourner comme pour glisser de sa chaise et s'agenouiller.

Diana se leva d'un bond et l'immobilisa presque par la force.

— Ne faites pas cela, l'implora-t-elle. Ne gâchez pas tout.

— J'essaie d'améliorer les choses, répondit-il avec grand sérieux.

Son sourire hésitant lui brisa le cœur.

— Nous avons passé un bon moment. Et j'aimerais le rendre permanent.

Elle referma les mains sur ses épaules et le regarda droit dans les yeux.

— Je ne vais pas vous épouser, ni vous ni aucun homme. Je vous l'ai dit. Je pensais que vous m'écoutiez.

— Je ne vous avais pas demandé en mariage quand vous avez dit cela, lui rappela-t-il, comme si aucune femme vivante n'avait jamais refusé un duc.

Après tout, peut-être Diana était-elle la première.

— À l'époque, cette discussion était purement spéculative, poursuivit-il, le regard impatient et empreint de sincérité. Vous deviez épouser un inconnu à une date ultérieure. Il était évident que vous vous soucieriez de la compatibilité. N'importe qui s'en inquiéterait. Moi le premier.

Diana ferma les yeux comme si cela pouvait empêcher le duc de parler.

En vain.

— Je pense que nous avons prouvé notre compatibilité. Mentalement et physiquement.

Sa voix grave l'emportait comme une brise chaude.

Malgré cela, elle frissonna.

L'une de ses mains vint caresser la sienne.

— De plus, murmura-t-il comme si cette pensée lui venait après-coup, c'est un duché vraiment splendide. Et notre chatte vient d'avoir une portée.

Lorsqu'elle ouvrit les yeux pour lui faire face à nouveau, sa voix sortit beaucoup plus forte qu'elle ne l'avait prévu.

— Je ne me soucie pas de votre duché.

Ce n'était que partiellement vrai. Maintenant qu'elle savait qu'ils existaient, elle ne pouvait s'empêcher d'être intriguée par les chatons.

— Je ne me marierai pas, déclara-t-elle doucement. Cent duchés ne compenseraient pas la perte de ma liberté. Vous êtes un homme bon, mais je vous *appartiendrais.* Si jamais vous décidiez que je ne pouvais plus tenir de journal ni mener des enquêtes...

— Bien sûr, vous ne vous déguiserez plus en femme active, déclara-t-il avec fermeté.

Elle laissa retomber ses épaules en s'efforçant de ne pas pleurer.

Voilà. C'était pour cette raison qu'elle n'avait jamais pu se marier. Elle l'aimait, mais s'il lui faisait un coup pareil, elle finirait vite par le détester. La compatibilité qu'ils avaient autrefois partagée disparaîtrait comme...

Diana gémit et se redressa sur son siège. Elle l'aimait, mais elle ne pouvait pas l'avoir. Sans qu'elle s'en rende compte, il avait réussi à la coincer sur le *véritable* échiquier. Celui où les ducs étaient rois et les demoiselles à marier de simples pions.

Échec, mais pas mat. Elle avait encore quelques coups à jouer.

— Je dis non, répondit-elle aimablement, pas pour choisir une vie de célibataire plutôt qu'une vie avec vous. C'est ce que j'ai toujours prévu de faire, et j'ai toujours pensé que cela m'apporterait de la joie. Mais la joie est bien la dernière chose que je ressens en déclinant votre proposition de faire de moi votre duchesse.

Il ne fit rien pour cacher la détresse dans son regard.

— Alors, pourquoi décliner ?

— C'est la mauvaise proposition, dit-elle simplement. *Je* voudrais vous épouser, mais ce n'est pas ce que *vous* voulez.

Il fronça les sourcils, perplexe.

— Je viens de dire...

— Vous voulez me changer, l'interrompit-elle. Vous voulez me réparer, me modeler, épouser une version de moi différente de la femme que je suis. Je ne veux *pas* cesser d'être moi-même. Je ne pense pas que j'en serais capable. Alors, non, je ne vous épouserai pas. Je ne ferais que jeter le scandale et l'embarras sur votre nom, et je gâcherais tout ce que vous avez essayé de construire. Nous serions tous les deux plus malheureux ensemble que séparés.

Ses épaules s'affaissèrent.

— Je ne suis pas d'accord. La vie est pire quand nous sommes séparés.

— Il y a bien un moyen, reprit-elle lentement alors qu'une solution se dessinait dans son esprit.

Elle le désirait, voulait *être* avec lui, mais refusait de lui appartenir. Ce qui signifiait qu'ils ne connaîtraient jamais l'éternité à deux. Il se marierait un jour. Pas elle. Mais en attendant... il n'y avait aucune raison de se priver de ce qu'ils désiraient tous les deux : l'un l'autre.

Cette fois, lorsqu'elle se leva, ce n'était pas pour le secouer par les épaules mais plutôt pour s'installer sur ses genoux.

— Qu'est-ce que vous... commença-t-il alors même que ses bras se refermaient autour d'elle.

Elle approcha sa bouche de la sienne et lui donna un baiser léger.

— Pas besoin de penser mariage pour en tirer les meilleurs bénéfices.

— Mais... dit-il entre deux baisers. Si vous ne voulez pas être ma femme...

— Je peux encore être votre maîtresse, dit-elle avant que leurs langues ne s'effleurent.

— Quoi ? bégaya-t-il contre ses lèvres, s'écartant pour la fixer sans comprendre. Au lieu d'une vie d'honnête femme, vous préférez une vie de maîtresse ?

Elle lui adressa un sourire en coin.

— Je peux être une maîtresse temporaire si cela peut vous faciliter les choses.

— Ce n'est pas le cas, déclara-t-il résolument.

— Pourquoi pas ?

Elle pressa ses lèvres au coin de sa bouche.

— Un an.

— Diana... Non... Je veux plus qu'une maîtresse.

Elle passa sa langue sur sa lèvre inférieure.

— Un mois.

— Je... Vous...

Il l'embrassa comme s'il ne pouvait pas supporter un autre moment sans que leurs corps ne soient enlacés, avant de reculer en haletant.

— C'est le contraire d'une négociation. Vous ne cessez de revoir à la baisse...

— Une nuit.

Elle glissa un doigt sous l'ourlet de son corsage et tira d'un air enjôleur.

— Ce soir.

Quelques heures pour faire ce qu'ils voulaient. Comme ils le voulaient. Pour créer autant de souvenirs que possible. Pour céder à la tentation... et céder l'un à l'autre.

— Juste ici ? Maintenant ?

Sa voix était rocailleuse et tourmentée. Il baissa les lèvres jusqu'à l'endroit où son pouls palpitait, à la base de son cou, puis il releva les yeux, son regard assombri par le désir.

— Ce n'est pas ainsi que se terminent la plupart des demandes en mariage éconduites.

— Une séduction, répondit-elle, enroulant les bras autour de son cou pour mieux se trémousser sur ses cuisses. Je vous défie.

Il la souleva dans ses bras et la hissa sur ses pieds.

— Les hommes ne mettent pas les jeunes femmes à la rue, lui chuchota-t-elle.

— Je suis loin d'en avoir fini avec vous, gronda-t-il en se dirigeant vers la porte ouverte.

Au lieu de la conduire hors de son salon privé, Colehaven ferma la porte, tira le verrou et s'approcha de la cheminée.

— Que faites-vous ? demanda-t-elle alors qu'il l'étendait sur une méridienne confortable.

— Une séduction.

Il y monta à son tour et posa sa bouche sur la sienne.

— Vous m'avez défié.

159

Un frisson la parcourut.

— De vous laisser séduire, précisa-t-elle alors qu'il détachait sa cravate pour la jeter de côté. Pas... ce que vous avez l'intention de me faire.

— *Tout.*

Son sourire lascif et sensuel exprimait la plus redoutable des promesses.

Diana regrettait de ne pas avoir de cravate à jeter dans un geste aussi spectaculaire. Une séduction mutuelle était l'idée la plus magnifique qu'elle ait jamais entendue.

— Que les jeux commencent, murmura-t-elle en l'attirant.

Cette fois, leurs baisers étaient différents d'avant. Moins possessifs, plus joueurs et taquins. Comme s'il savait aussi bien qu'elle qu'une nuit de séduction ne serait jamais suffisante.

Colehaven entremêla leurs doigts, emprisonnant ses mains de chaque côté de sa tête.

Il n'avait pas à s'inquiéter. À chaque battement de son cœur, à chaque inspiration, son corps s'offrait à lui, pour qu'il en fasse ce que bon lui semblait. Déjà, la pression familière s'intensifiait en elle.

Lorsqu'il interrompit enfin le baiser, elle entrouvrit les lèvres pour protester. Avant qu'elle n'en ait l'occasion, sa bouche s'adonna à une nouvelle série de baisers langoureux sous son menton, le long de sa gorge et jusqu'à son décolleté.

Elle en oublia toute complainte. Lorsqu'il trouva enfin son sein, un souffle étranglé s'échappa de sa gorge et elle se cambra contre lui.

Elle ne penserait pas au lendemain. Quand comprendrait qu'il devait trouver une épouse convenable, ou lorsque sa double vie serait révélée, la rendant définitivement impossible à marier, ils ne connaîtraient plus jamais de moments tels que celui-ci.

Mais tant qu'elle le pouvait, tant qu'ils l'osaient tous les deux, elle cédait à cette vulnérabilité et partageait autant de plaisir que possible avec lui. Refermant les cuisses autour de ses hanches, elle l'attira encore plus.

Pour ce soir, au moins, il était à elle.

Elle lui ouvrait sa robe, son corps, son cœur. Ce n'était pas le moment de cacher ses véritables sentiments. C'était le moment de prendre tout ce qui était à sa portée, de lui offrir la même chose. C'était la chance de satisfaire leur désir, même s'ils n'admettaient pas ouvertement que cela signifiait bien plus.

Il l'explorait de ses mains, de sa bouche, ne négligeant aucune courbe, aucune parcelle de peau nue. Elle était à lui et il le savait. La séduction œuvrait dans les deux sens. Son corps réagissait comme s'il avait pris feu, comme si se joindre à lui était le seul espoir d'assouvir ce désir insatiable.

Lorsque sa tête disparut entre ses jambes, elle perdit tout sens de la raison. Elle n'avait pas d'autre choix que de se consacrer entièrement à l'instant présent, à l'homme dont elle agrippait les cheveux souples entre ses doigts alors qu'il opérait une magie dont elle ignorait l'existence.

Son souffle ne s'était toujours pas apaisé, et ne s'apaiserait peut-être plus jamais, lorsqu'il remonta au-dessus de son corps dans un mouvement qui promettait des plaisirs encore plus intenses que celui qu'il venait de lui procurer.

— Êtes-vous certaine de le vouloir ? murmura-t-il contre son lobe d'oreille.

— J'en suis certaine depuis bien longtemps, avoua-t-elle hardiment en inclinant le bassin afin de lui donner un meilleur accès. La seule chose dont je n'étais pas sûre, c'était que nous en ayons l'occasion.

— Nous aurons autant d'occasions que vous le souhaitez, promit-il.

Elle doutait que ce soit vrai, mais cela n'avait pas d'importance. Rien n'avait d'importance, à l'exception de cette glorieuse plénitude, chaude, implacable et infiniment douce qui les unissait. Un éclair de douleur, puis seulement le plaisir alors qu'il lui offrait son corps, ses caresses et ses baisers tout à la fois.

Il ne lui faisait pas l'amour comme s'il devait y avoir encore mille occasions. Il ne retenait rien, ni son désir ni son cœur. Ils étaient unis de toutes les manières possibles, corps et âme, lèvres contre lèvres, les yeux dans les yeux comme si ce moment était tout ce qu'ils auraient jamais. Comme s'il n'y avait pas d'autre choix que de tout donner tant qu'il leur appartenait encore de le faire.

Pour elle, il n'y avait jamais eu de choix. Son corps était à lui.

Même si c'était impossible.

CHAPITRE 15

*L*orsque Cole se réveilla, il ne chercha pas à retrouver Diana. Elle n'était pas dans son lit. Pas encore, du moins.

Elle était rentrée chez elle peu après qu'ils eurent fait l'amour la veille, ne souhaitant pas rester dehors trop tard de peur d'éveiller les soupçons de son tuteur.

Inutile, puisque Cole avait bien l'intention d'obtenir la permission de Thad pour demander la main de sa pupille. De plus, en rentrant une heure ou deux après le dîner, elle restait bien en deçà de l'heure à laquelle elle serait retournée chez elle après n'importe quel événement social.

Certes, Diana n'avait pas formellement *accepté* la proposition de Cole. Pas avec les mots. Mais elle lui avait confié son corps. Elle lui avait permis de prendre sa virginité. Aux yeux de la société, elle était souillée. Elle n'avait pas d'autre choix que de l'épouser.

Si c'était bien moins romantique que le « oui » spontané et enthousiaste qu'il espérait, à ce stade, n'importe quel « oui » ferait l'affaire.

Quels que soient les doutes de Diana, Cole n'en avait aucun. Elle ferait une splendide duchesse. Intelligente, compatissante, tenace. Ils formeraient une merveilleuse équipe. Cole était impatient. Trois semaines de bans, c'était comme toute une vie.

Mais d'abord, en gentleman, il devait officialiser leur relation.

Il s'habilla, prit son petit-déjeuner et passa la matinée à préparer la première réunion parlementaire de la soirée, aussi longtemps qu'il le put avant de prendre la route de la maison des Middleton.

Si Thaddeus dormait encore à midi et demi, Cole le tirerait lui-même du lit. Il y avait un contrat à organiser, un mariage à planifier, une nouvelle vie à venir.

Lorsque le majordome lui ouvrit la porte, Cole l'accueillit avec un sourire.

— Que le jour vous soit bon, Shaw. Le maître est à la maison ?

— Je crois qu'il vous attend, Votre Grâce.

Shaw conduisit Cole non pas dans le salon des invités, mais dans le salon privé de Middleton.

Les derniers nœuds de nervosité disparurent de son ventre. C'était bon signe. Un excellent signe, même. Thaddeus s'était levé à midi pour signer le contrat de mariage.

Cole laisserait la question des bans et de la licence à Diana, mais dès que les vœux seraient prononcés, sa nouvelle épouse et lui pourraient enfin...

— Que faites-vous ici ?

Il fit volte-face, le cœur battant avec hésitation. La

voix n'était pas celle de Thaddeus, mais de Diana. Et elle n'avait pas l'air ravie de le voir.

Elle se tenait sur le pas de la porte avec une expression douteuse.

Sa future duchesse ne portait pas de robe à la mode, mais n'était pas non plus à demi dissimulée sous une casquette miteuse et un tablier de bonne. Elle avait retrouvé ses atours de tapisserie. Ses bras étaient croisés sous sa poitrine et ses yeux d'un bleu de glace lançaient des éclairs.

Aussitôt, il répondit :

— Je passe à l'étape suivante. Vous qui attachez de l'importance à l'efficacité, je doute que vous souhaitiez me voir perdre plus de temps. Comment avez-vous dormi ? Vous m'avez manqué quand...

— M'avez-vous seulement écoutée ? s'exclama-t-elle. J'ai dit non.

— Si, insista-t-il, renfrogné. Et puis, nous avons retiré nos vêtements et accompli un acte réservé aux maris et aux femmes...

— ... ou aux putains et aux marins, aux courtisanes et aux seigneurs, ainsi qu'aux vieilles filles et aux hommes qui leur plaisent.

Il cligna des paupières.

— Je ne suis pas sûr que cela fonctionne ainsi. Du moins, pas pour les célibataires respectables. Toute jeune femme espérant maintenir une bonne réputation, qu'elle soit mariée ou non...

— Quand me suis-je jamais souciée de ma réputation ? Et quand ai-je montré une quelconque inclination à rester dans la minuscule boîte que la société m'a attribuée ?

Citez-moi *une fois* où j'aurais été exactement comme toutes vos jeunes femmes convenables.

— Je...

— Vous ne voulez pas de *moi*, reprit-elle. Vous voulez *votre* vision, vos limites, vos conditions. Vous voulez une marionnette en forme de Diana qui minaudera sur demande et ne fera jamais rien qui risquerait de lui fermer les portes des soirées huppées.

Ses muscles se contractèrent.

— Ce n'est pas juste.

— Ni pour vous ni pour moi, convint-elle en clignant des yeux. Vous avez le droit d'épouser une parfaite petite poupée. Allez la trouver. Tant que je ne suis pas mariée, j'ai la possibilité de vivre comme *je* l'entends.

— Je ne ferais jamais...

— Vous l'avez déjà fait, reprit-elle d'une voix blanche. Et vous continuez. C'est le problème. Je n'abandonnerai pas mes principes ni mes batailles, et vous ne m'accepterez pas comme je suis. Nous ne pouvons pas nous avoir, pas ainsi.

Il secoua la tête, en proie à la perplexité.

— Mais vous m'avez laissé...

— Je ne vous ai rien laissé faire, dit-elle en serrant les dents. La nuit dernière, c'était nous deux qui décidions ensemble. Si vous ne voyez pas la différence...

Ses doigts tremblaient.

— Ce serait mieux si vous étiez parti quand mon cousin descendra. Au revoir, Cole.

Elle s'écarta, ne laissant aucun doute sur le fait qu'elle souhaitait qu'il s'en aille avec autant d'empressement et d'efficacité que lors de sa visite non sollicitée.

Cole lui obéit, la tête basse.

Il était inutile de discuter. Cette fois, son *non* sans équivoque avait été très clair. Même pour un imbécile comme lui.

Il retourne à son fiacre, mais pas chez lui. Il n'était pas encore prêt à se retrouver seul dans une maison vide.

Au lieu de quoi, il demanda à son cocher de le conduire au palais de Westminster. Le Parlement n'ouvrirait pas sa première session avant trois heures, ce qui devrait laisser à Cole suffisamment de temps pour oublier sa demande en mariage ratée et se concentrer sur le discours qu'il devait tenir devant ses pairs sur les travaux publics et la pêche.

Le soir venu, il déterminerait sa place pour le reste de la saison parlementaire.

C'était sa seule chance de faire bonne impression. S'il semblait suffisamment bien informé, fiable et digne de confiance, on le choisirait peut-être pour remplacer Fortescue en tant que chef de comité.

C'était ce qu'il voulait. Ce pour quoi il avait tant travaillé. Et, s'il était aussi honnête que Diana, c'était un objectif bien plus facile à atteindre sans elle.

On ne lui confierait pas les lois du Parlement s'il ne pouvait pas faire en sorte que sa propre femme respecte les règles de la société. Et il ne pourrait certainement pas monter sur l'estrade pour parler de l'excès de catégories de boisseaux ou expliquer pourquoi l'Angleterre devrait imiter les mesures de Napoléon. Non sans devenir un objet de dérision, couvert de ridicule, auquel on ne pourrait plus jamais faire confiance.

Et pourtant, ses paroles lui piquaient encore les oreilles. *M'avez-vous seulement écoutée ?*

CHAPITRE 16

*Q*ue fais-tu ici ?

Diana leva son regard hébété du sol où il était resté fixé, devant le salon privé de son cousin, pour le trouver à l'autre bout du petit couloir.

En temps normal, à cette heure, les cheveux de Thad étaient encore décoiffés par son oreiller, ses yeux bruns embrumés de sommeil. Aujourd'hui, il semblait être debout depuis des heures. Il avait les joues rouges comme si le vent l'avait emporté et une paire de gants d'équitation pendait d'une de ses mains.

Plus inhabituel encore, ses yeux sombres n'étaient pas vagues et somnolents, mais lumineux et alertes, plissés avec inquiétude. Sa longue foulée le conduisit à ses côtés en quelques secondes.

— Qu'y a-t-il ?

Il décolla ses épaules du mur et la mena vers un fauteuil en cuir, dans son bureau.

— Dis-moi ce qui s'est passé.

Diana posa sa tête contre le dossier et ferma vivement les paupières.

Ce qui s'était passé n'avait rien à voir avec Thaddeus. Ce qu'elle avait l'intention de faire ou de ne pas faire avec son avenir avait grandement affecté son cousin.

Il avait pris toutes les mesures possibles pour lui donner les meilleures chances sur le marché du mariage. Il l'avait traînée à toutes les soirées du beau monde, et avait même confié à un duc l'impossible mission de marier sa pupille.

Diana avait passé les cinq dernières années à contre-carrer les efforts de son cousin. Elle avait craint que, si elle lui disait la vérité, à savoir qu'elle n'avait jamais eu l'intention d'épouser qui que ce soit, sa présence ne soit plus la bienvenue.

Thaddeus avait accepté d'être le tuteur temporaire de sa cousine orpheline. Il ne s'était pas engagé comme soutien de famille permanent auprès d'un parent pauvre qui aurait fait le choix de rester célibataire à dessein.

Elle avait accusé Colehaven de ne pas l'écouter, de ne pas reconnaître son point de vue et de ne pas respecter ses souhaits.

Mais elle n'avait même pas donné d'explication à son cousin, préférant le laisser déployer de sérieux efforts afin de lui donner des chances d'obtenir ce dont elle ne voulait même pas, plutôt que d'assumer le courage de ses opinions.

Il était grand temps.

Diana rouvrit les yeux.

— Colehaven m'a demandé de l'épouser.

— Félicitations, ma cousine.

Les épaules de Thaddeus se détendirent. Il était visiblement soulagé.

— J'ai refusé.

Voilà. Le sujet était abordé. Maintenant, il allait savoir à quoi s'en tenir avec elle.

Thad se renfrogna.

— Tu n'aimes pas Colehaven ?

Diana secoua la tête. Elle aimait Cole, mais ce n'était pas suffisant.

— Si tu vises plus haut qu'un duc, reprit lentement Thaddeus, tu dois savoir qu'il ne reste que les princes étrangers et le régent lui-même, qui, je le crains, est déjà pris.

Diana enfouit son visage dans ses mains. Son cousin était si *gentil*. Elle détestait briser la bonne opinion qu'il se faisait d'elle.

Elle se força néanmoins à relever la tête.

— Je ne peux pas l'épouser, dit-elle piteusement. Ni lui ni quelqu'un de convenable. Je ne suis *pas* convenable, et je n'ai pas l'intention de changer mes habitudes. Une duchesse est une personne importante dans la haute société, mais moi, je préfère être importante pour les gens ordinaires, faire une vraie différence. Je me faufile dehors le matin, habillée comme une personne que je ne suis pas, pour...

Diana s'interrompit dans son explication hésitante lorsqu'elle vit le visage de son cousin.

Il n'était pas étonné. *Il n'était pas étonné.*

Il était assis là, patiemment, lui laissant raconter son histoire à sa façon, à son rythme. Un aveu stupéfiant et scandaleux qui, pourtant, ne le décontenançait pas le moins du monde.

— Tu le savais ? fit-elle, incrédule. Depuis combien de temps ?

— Depuis le début, répondit-il avec un haussement d'épaules nonchalant. Je ne suis peut-être pas doué aux échecs, mais je suis compétent pour gérer ce qui me concerne. D'abord, il y a eu une nouvelle pupille chez moi, puis cette nouvelle pupille s'est mise à chaparder des tabliers dans les quartiers du personnel et sortir par l'entrée de service. Je ne me suis pas ennuyé un seul instant depuis ton arrivée.

La chaleur se propagea sur ses joues. Il était évident que les domestiques l'avaient vue. Elle était toujours partie du principe qu'ils gardaient leur langue, étant donné sa position par rapport à la leur. Au lieu de quoi, son cousin l'avait toujours su.

— Pourquoi n'as-tu rien dit ?

— Parce que *tu* n'as rien dit. Quand tu serais prête à parler, tu le ferais. Jusqu'alors, il était de mon devoir de te protéger. Puisque tu t'es obstinée à refuser d'emmener une servante avec toi lors de tes excursions...

— J'étais anonyme, protesta-t-elle. Ou j'essayais de l'être.

— J'ai fait en sorte de ne jamais empiéter sur tes subterfuges, lui assura-t-il. Je suis toujours resté à l'écart et je dois dire que je suis devenu raisonnablement habile à me déguiser.

Un jour, Diana pourrait se souvenir de ce moment et en rire. En cet instant, cependant, elle était tout simplement déconcertée.

— Pourquoi ne m'as-tu pas lu le *Riot Act* ? demanda-t-elle. Tu aurais pu m'enfermer dans ma chambre, m'envoyer à la campagne, dans un couvent ou un asile pour les pupilles incorrigibles et ingrates...

— *Diana*.

Thaddeus prit ses mains dans les siennes.

— Tu n'es pas ma pupille. Tu es une adulte. Que je sois d'accord avec tes choix en matière de coiffes et de ducs, c'est aussi ta maison. Aussi longtemps que tu le voudras.

Une épaisse boule lui nouait la gorge, empêchant les mots de s'échapper. Tout ce qu'elle pouvait faire, c'était lui serrer les mains en guise de réponse et chasser les larmes brûlantes de ses yeux.

— Je ne veux pas te changer, lui dit gentiment son cousin. Je veux seulement que tu sois heureuse.

C'étaient les bons mots, mais ils n'étaient pas prononcés par la bonne personne.

Les épaules de Diana s'effondrèrent. Elle pouvait avoir la vie qu'elle voulait, mais pas la personne avec qui elle souhaitait la partager. Et peu importe le chagrin qu'elle ressentait à l'intérieur, cela devrait suffire.

C'était le mieux qu'elle puisse obtenir.

CHAPITRE 17

*C*ole chiffonna le rapport qu'il avait réécrit pendant plusieurs heures et le jeta au feu.

Le Parlement ne reprendrait pas avant seize heures cet après-midi. Peut-être que d'ici là, le meilleur usage de son temps serait de se rendre au *Duc Fringant* pour boire jusqu'à oublier Diana.

Si seulement il existait suffisamment de bière dans le monde.

— Toujours en train de se morfondre ?

Cole leva la tête à temps pour voir sa sœur déposer un panier surdimensionné sur son bureau et claquer la porte sans attendre de réponse.

Il ne lui avait pas dit ce qui s'était passé à la Chambre des Lords, pas plus qu'avec Diana. Il ne pouvait donc pas imaginer pourquoi Felicity le soupçonnait de se morfondre.

C'était un questionnement difficile à mener s'il devait en même temps empêcher les chatons turbulents de grimper sur toutes les surfaces de son bureau.

Cole se leva de son fauteuil, mais il était trop tard.

Les démons avaient été libérés.

Il passa son bras dans l'anse du panier à présent vide et se mit à courir dans tout son bureau à la poursuite de la portée extrêmement agile.

— Je vais t'envoyer en Australie ! cria-t-il à sa sœur, de l'autre côté de la porte fermée. Avec ces maudits chatons !

— Il faudra d'abord les attraper, répondit-elle en riant.

Elle s'éloignait déjà et sa voix était faible. Elle serait plus difficile à rattraper que ces petites furies.

Le panier était assez grand pour les six, mais il n'avait pas de couvercle pour les contenir en toute sécurité.

Chaque fois que Cole réussissait à arracher une petite boule de poils d'un tableau inestimable ou d'un globe terrestre unique, les autres parvenaient à sortir du panier pour grimper sur sa cravate, ou à accrocher leurs petites griffes sur les côtés de son pantalon.

Lorsqu'il abandonna enfin et se jeta sur son canapé, vaincu et épuisé, les chatons bondirent joyeusement sur sa poitrine et se mirent à l'aise, comme si aucun recoin de la résidence ducale n'était aussi confortable que les revers de sa veste.

Il passa les doigts sur leurs petits dos si doux. Satisfaits, les chatons ronronnaient déjà.

Rien dans la vie n'était jamais complètement prévisible. Impossible de s'attendre à quoi que ce soit ou d'essayer de forcer un schéma qui n'existait pas. Même lorsque la vie ne se déroulait pas comme prévu, le détour n'était pas forcément le plus mauvais choix.

Comme les chatons blottis sur les plis bosselés de sa cravate, Diana était vive et imprévisible. Contrairement à eux, cependant, il ne pouvait pas la garder en cage pour sa propre sécurité ou pour sa tranquillité d'esprit.

Une femme n'était pas un animal de compagnie. Quoi qu'en dise la loi, il n'avait aucune envie de la contrôler. Il voulait que leur lien soit authentique, qu'elle *veuille* être sa duchesse. Mais que lui offrait-il exactement en échange ?

Une cage. Une laisse. Une ablation des griffes. L'effacement de ce beau côté sauvage qui l'avait initialement attiré chez elle.

Cette femme avait changé son point de vue. Ils avaient tant de choses en commun. Ils savaient tous les deux ce que c'était que de tout perdre, d'être orphelin, de recommencer à zéro, d'avoir peur et de triompher quand même. Ils voulaient tous les deux faire leur possible pour rendre leur monde meilleur.

Même s'ils venaient de milieux similaires, même si leurs espoirs pour l'avenir étaient les mêmes, les chemins qu'ils avaient empruntés pour y parvenir ne devaient pas nécessairement être des copies conformes.

Après la tragédie qui avait frappé sa famille, il avait gagné un titre, une fortune, une voix au Parlement. Lorsque Diana était devenue orpheline, elle avait perdu sa maison, sa vie avait été déracinée et son existence entièrement définie par la qualité d'épouse qu'elle pouvait obtenir auprès d'un parfait inconnu.

L'un des chatons grimpa sur le côté de son visage et s'installa dans le creux entre sa tête et le dossier du canapé.

Il ne l'en délogea pas. Il ne pensait pas aux chatons, en cet instant, mais à Diana.

Avec un certain malaise, il commença à se rendre compte qu'il ne devait pas s'attendre à ce qu'elle renonce à tout ce qui l'intéressait, à ce qu'elle change de personnalité afin de jouer la duchesse. C'était une vue étriquée, au mieux, et surtout totalement vaine.

La situation s'était aggravée parce qu'il s'était obstiné à vouloir lui rendre la vie plus facile, alors qu'elle l'était *déjà.*

Si elle avait eu recours à la duplicité dans ses jeux de rôles, c'était parce qu'il lui était impossible de poursuivre ouvertement ses passions.

Il se redressa vivement, à la surprise de plusieurs chatons.

« Duplicité » n'était pas le terme exact. Tout comme « jeux de rôles ». Pour Diana, la *secrétaire de l'avocat* et l'*inspectrice des mesures* n'étaient pas des rôles à jouer. Il s'agissait de postes qu'elle aurait pu occuper dans une autre vie, de carrières qu'elle aurait pu entreprendre.

Sa recherche secrète n'était pas un déguisement. C'était la véritable Diana, qui faisait ce qu'elle aimait, qui était elle-même. Assez courageuse pour ne rien accepter en travers de son chemin, ni le monde, ni sa véritable identité, ni même le duc de Colehaven.

Diana était Diana, et serait toujours Diana. Avec ses parties d'échecs et ses recherches de terrain, ses croisades contre l'injustice et sa passion farouche, toujours sur le fil du rasoir entre scandale et percées politiques. D'une beauté à couper le souffle, à l'intérieur comme à l'extérieur, et totalement impossible.

Soit Cole acceptait ce fait et l'acceptait, elle, soit il devait renoncer. Elle ne méritait rien de moins.

La question était de savoir si *lui* la méritait.

CHAPITRE 18

— *V*eux-tu venir à un dîner avec moi ce soir ?

Diana jeta un coup d'œil vers son cousin par-dessus la table du thé.

— Y suis-je obligée ?

Il secoua la tête.

— Non.

Non.

Diana baissa sa tasse et regarda plus longuement son cousin.

Sur son visage, elle devinait un soupçon de tristesse, mais ses yeux étaient sincères. Il souhaitait qu'elle l'accompagne. Non pas pour l'occuper, mais parce qu'il appréciait sa compagnie. Il aimait participer à des événements avec elle. Mais la décision lui revenait.

C'était ce qui faisait toute la différence.

— Très bien, dit-elle.

Son visage s'illumina et Diana se surprit à sourire.

Elle y serait allée, de toute façon, bien sûr. Jusqu'alors,

elle n'avait pas pris conscience qu'elle avait son mot à dire. Certes, Thaddeus avait essayé de lui trouver un mari. Il ne souhaitait pas qu'elle s'en aille, mais il voulait son bonheur.

La culpabilité lui nouait l'estomac. Elle n'avait fait aucun effort pour lui rendre la pareille.

— Ce soir, je porterai peut-être une tenue qui se distinguera du papier peint, dit-elle avec un sourire d'autodérision. Peut-être même que je me joindrai à la conversation.

Il porta les deux mains à sa poitrine comme s'il faisait une crise d'apoplexie.

— Qui êtes-vous ? Qu'avez-vous fait de ma cousine ? Et combien de temps pouvez-vous rester à sa place ?

Elle lui jeta une serviette.

— Imbécile.

Avec un sourire impénitent, il répondit :

— Elles ne sont pas toutes mauvaises, tu sais. Crois-le si tu veux, le nombre de plumes de paon dans les cheveux d'une femme n'est pas inversement proportionnel à son intelligence.

Diana fronça le nez et soupira.

— J'ai le sentiment que c'est *moi* l'affreuse.

Son cousin avait raison. Ce n'était pas parce que les aristocrates n'avaient pas honte de leurs intérêts frivoles qu'aucun d'entre eux ne se souciait du sort du peuple ou de l'état des lois en vigueur.

C'était ce que Cole avait essayé de lui montrer lorsqu'il l'avait forcée à faire des emplettes. Elle *aimait* la mode. Il le savait. Seulement, elle pensait qu'en se livrant à de telles fantaisies, cela la rendait moins sérieuse, moins digne d'être écoutée.

Or en se fondant dans la masse, elle effaçait sa propre voix. Refuser de participer activement aux traditions qu'elle jugeait étouffantes et idiotes, c'était tourner le dos aux personnes les mieux placées pour l'aider.

Cole n'était pas un aventurier solitaire qui opérait des coupes franches parmi les membres poussiéreux du Parlement dans sa mission personnelle consistant à présenter au peuple des mesures plus cohérentes.

Il n'était pas responsable de la loi sur les poids et mesures de 1815. Elle non plus. Il y avait un comité entier, plus la Chambre des Lords et celle des Communes. Cole et elles étaient certes des agents de changement, mais ils ne pouvaient pas accomplir grand-chose sans le soutien inconditionnel des autres.

En considérant les aristocrates comme des adversaires, elle avait consacré son énergie à « Diana contre le reste du monde » et non à « Diana et le reste du monde contre l'injustice ». Le monde de Cole était tout aussi précieux que le sien.

Ils ne pouvaient pas vivre ensemble, cependant. Pas tant qu'il ne serait pas disposé à combler le fossé qui les séparait.

Au même instant, Shaw fit son entrée dans la pièce.

— Le duc de Colehaven demande à voir Mademoiselle Middleton.

Thaddeus arqua un sourcil en direction de Diana.

— Dois-je aller chercher mon pistolet ou m'éclipser ?

— Du calme, mon cousin, le rassura-t-elle. Je ne déteste pas Cole. Je ne vais pas l'épouser, c'est tout.

— Je suis ici pour vous faire changer d'avis, lança une voix dans le couloir.

Diana et Thaddeus se retournèrent pour découvrir Colehaven.

— J'ai pourtant laissé ce gentleman dans l'entrée, dit Shaw d'un air dépité.

— L'entrée est à trois pas du salon, précisa Colehaven. Je peux vous entendre de là-bas.

— Je vais chercher le pistolet, déclara Shaw en sortant.

Colehaven rejoignit directement Diana et posa un genou devant elle.

— Chaque moment sans vous me fait l'effet d'un ciel sans étoiles. Vous êtes la lumière dans l'obscurité. Ma boussole pour...

Thaddeus se leva d'un bond.

— Vous savez, je ne devrais pas laisser à Shaw la responsabilité du pistolet, dit-il en sortant du salon. Continuez sans moi.

Le cœur battant, Diana se tourna vers Colehaven.

— Je suis en enfer sans vous, reprit-il courageusement sans la quitter des yeux. Mais je me suis rendu compte que notre avenir ne dépendait pas de moi. Il ne s'agit pas non plus de vous. Le mariage signifierait la seule chose que vous avez réclamée : que nous soyons égaux.

Diana pencha la tête.

— Ce sont des griffures sur votre visage ?

— Les chatons, dit-il avec une grimace. Des chenapans en totale liberté. Maintenant, écoutez-moi.

Croisant les mains sur ses genoux, elle répondit :

— Égaux, vous disiez ?

— Égaux.

Il s'avança, un genou toujours à terre.

— Vous avez raison, bien sûr. Les hommes et les femmes ne sont pas égaux aux yeux de la loi, mais...

Elle rétorqua immédiatement :

— Vous pouvez arranger cela ?

Il se renfrogna.

— Disons que les mesures seront plus faciles à changer.

— En effet.

Elle poussa un long soupir. On pouvait toujours rêver.

— Une chose à la fois, j'imagine.

— Exactement, dit-il avant de poser un doigt sur les lèvres de la jeune femme. Si je pouvais prendre la parole un instant, vous verriez que j'essaie de réaliser un beau soliloque romantique et convaincant.

Elle se rembrunit.

— Je crois qu'un soliloque, c'est lorsqu'on se parle à soi-même. Ce ne serait pas plutôt un monologue ?

— Ce n'est certainement pas un monologue, lui assura-t-il. « Mono » signifie qu'il y un seul orateur, et vous n'avez pas cessé de m'interrompre depuis que j'ai commencé.

Diana fit mine de se coudre les lèvres et lui fit signe de continuer.

— Tout le monde mérite l'amour, dit-il en toute hâte, comme si le fil invisible qui liait sa bouche pouvait se rompre à tout moment. Et tout le monde mérite le bonheur. C'est vous qui m'avez dit : Si on peut améliorer quelque chose, alors il faut le faire. Tout sera amélioré si nous le faisons ensemble. Notre propre vie, en plus de celle des autres, ainsi que le concept même de ce que doivent être un mari et une femme : une équipe.

Un fol espoir emplit Diana de légèreté. Ce discours ne ressemblait pas à celui d'un homme qui exigerait qu'elle abandonne ses rêves pour lui. Au contraire, il semblait vouloir qu'ils poursuivent leurs rêves ensemble.

— Je ne veux pas vous changer, dit-il tout doucement. Peu importe ce que vous pensez ou les sottises que j'ai pu dire. Votre nature contradictoire, votre grand cœur, voilà pourquoi je vous aime.

Les yeux de Diana s'élargirent alors que son cœur cognait dans sa poitrine. Elle n'aurait pas pu l'interrompre même si elle l'avait voulu. Il lui avait coupé le souffle.

— Je ne veux pas que vous fassiez semblant d'être comme tout le monde, poursuivit-il. Si j'étais tenté par la « normalité », je serais déjà marié. Je ne veux pas me contenter du statu quo. C'est *vous* que je veux. Pour le meilleur et pour le pire, en élégante robe comme en tenue de domestique. Je veux tout cela.

Son souffle était suspendu dans sa gorge. Elle avait cru pendant si longtemps qu'elle ne pouvait pas tout avoir. Or il n'essayait pas seulement de la convaincre que c'était possible, il lui tendait également la main.

— Diana Middleton, fit-il d'une voix solennelle et douce. Je ne vais pas vous demander d'être ma femme. Non, je vais vous supplier de me prendre pour époux.

Elle avait les yeux brillants de larmes.

— Euh, Diana ? demanda-t-il nerveusement. Nous avons terminé la partie monologue. C'est maintenant que vous devez me faire un signe pour que je sache si j'ai réussi.

Elle prit une profonde inspiration.

— Avez-vous apporté de la bière ?

— Dans le fiacre, répondit-il par réflexe avant de plisser les yeux. Mais vous n'en aurez pas si vous ne m'épousez pas.

— Échec et mat, fit-elle en se jetant dans ses bras. Vous êtes un fou magnifique et je vous aime plus que dix fûts de bière et un millier de déguisements.

— Dieu merci, murmura-t-il dans ses cheveux en l'étreignant avec force. Moi aussi, je vous aime plus que ma propre carrière. J'étais censé prendre la parole hier soir pour parler des travaux publics et de la pêche. Mais dès que j'ai terminé, je me suis lancé dans un discours impromptu sur l'importance de simplifier notre système inutilement confus de poids et de mesures pour adopter un système unifié plus compréhensible.

Elle leva la tête, alarmée.

— Qu'avez-vous fait ?

— Ne vous inquiétez pas. J'ai rendu à César ce qui lui revenait. J'ai abondamment cité les recherches du plus éminent expert en la matière. Peut-être avez-vous entendu parler d'une certaine Diana Middleton ?

— Vous avez fait *quoi* ?

Elle lui enfonça ses ongles dans les épaules et le dévisagea avec horreur.

— Mais c'était votre chance ! Qui ont-ils choisi comme chef de comité ?

— Moi, dit-il avec un sourire malicieux. Non pas de la pêche, mais des poids et mesures. Si seulement quelqu'un bénéficiant de plusieurs années de connaissances de terrain pouvait se joindre à moi dans mon étude de la situation actuelle et ma recherche de solutions adéquates. Si vous pouviez m'indiquer les coordonnées d'un inspecteur compétent...

Cette fois, Diana l'interrompit non par des mots, mais par un baiser de capitulation absolue.

ÉPILOGUE

Juin 1824
Londres, Angleterre

À minuit et demi, le ciel noir au-dessus du palais de Westminster était moucheté d'étoiles. Le croissant de lune donnait un éclat chatoyant aux rangées de lampes à gaz qui flanquaient le pont de Westminster.

Le duc de Colehaven ne se souciait de rien de tout cela.

Il se rua hors du palais jusqu'au fiacre qui l'attendait, sans même un regard sur la beauté de la nuit. La porte de la voiture était à peine fermée qu'il exhortait son chauffeur à se hâter vers Grosvenor Square. Mais Cole ne fuyait pas le Parlement. Il était impatient de rentrer chez lui pour annoncer la bonne nouvelle à sa femme.

Diana n'était pas dans la chambre d'enfant, ni en train de jouer avec les chatons ou d'organiser ses notes dans son bureau privé. Elle était penchée sur un tonneau, dans leur salle de brassage, son journal dans une main et une chope de bière dans l'autre.

Elle eut à peine le temps de poser son verre avant que Cole ne la soulève pour la faire tournoyer en l'air.

Il essaya de la couvrir de baisers, mais il souriait trop pour y parvenir.

— Nous avons réussi, ma chérie !

Elle lui rendit son sourire.

— Tu as réussi à choisir un gilet à la mode ?

— *Friponne.*

Il la déposa afin de lui remettre une liasse de documents soigneusement recopiés.

Ses yeux s'enflammèrent avant même qu'elle ne jette un regard à leur contenu.

— Il faut fêter cela ! Sers-toi une bière, mon amour.

— Pas de temps pour la bière, répondit-il en agitant les mains vers les journaux. Allez, lis !

Diana s'éclaircit la gorge et affecta la posture pompeuse et droite d'un crieur public.

— Acte visant à constater et établir l'uniformité des poids et mesures.

Cole se retenait à grand-peine de bondir dans la salle de brassage comme un chaton enjoué. Il se consola en buvant la moitié de la bière de sa femme.

— Considérant qu'il est nécessaire pour la sécurité du commerce et pour le bien de la communauté que les poids et mesures soient justes et uniformes... poursuivit Diana, son corps plus détendu et son sourire plus immense à chaque nouveau mot.

Avec un cri, elle laissa tomber les papiers sur la table et se jeta à nouveau dans les bras de Cole.

— Nous avons *réussi !*

— Pas de grammes ni de mètres, l'avertit-il alors qu'ils virevoltaient dans la pièce.

— Je rêvais de la disparition de ces vingt-sept sortes de boisseaux, lui assura-t-elle en riant. Tu as accompli un miracle. Imagine une taille unique pour le gallon !

— Je n'ai pas besoin de l'imaginer, lui dit-il solennellement. Le document que je t'ai montré indique clairement qu'un « gallon » est une unité de volume standard, définie comme dix livres d'eau distillée pesées dans l'air à la température précise de soixante-deux degrés du thermomètre de Fahrenheit, le baromètre étant configuré à...

Elle pressa ses lèvres contre les siennes, dispersant au vent toutes les questions de mesures impériales avec la magie de son baiser.

Ses amis le taquinaient peut-être d'avoir fini par perdre un pari après dix ans de chance ininterrompus, mais Cole connaissait la vérité. L'étreinte passionnée de la femme intelligente, têtue et irrésistible qu'il tenait dans ses bras valait bien plus que n'importe quel pari de taverne. Il n'avait rien perdu d'autre que sa solitude, et en échange, il avait gagné l'amour de sa vie.

Il aurait parié que rien sur terre n'était meilleur que cela.

~

Envie de savoir comment la double vie de Diana, alias Madame Peabody, agent secret intrépide vengeresse des mathématiques mal appliquées, a commencé ?

À découvrir dans *La Création de Madame Peabody,* une nouvelle exclusive GRATUITE disponible uniquement pour les fans !

Téléchargez la nouvelle ici.
https://smarturl.it/EricaRidley-francais

LIVRES D'ERICA RIDLEY

<small>TOMBEZ AMOUREUX DES SEIGNEURS !</small>

Le Club des ducs fringants:

1. Une nuit de séduction
2. Une nuit d'abandon
3. Une nuit de passion
4. Une nuit de scandale
5. Une nuit d'adieu
6. Une nuit de tentation

Seigneurs de guerre:

1. La Tentation du vicomte
2. L'Audace du comte
3. Le Charme du capitaine
4. La Ruse du général
5. Les Tourments du brigadier

L'AUTEUR

Erica Ridley est une auteure à succès de romances historiques.

Quand elle ne lit pas ou n'écrit pas des romances, on peut la retrouver à dos de chameau en Afrique, en coup de vent dans les forêts tropicales d'Amérique Centrale ou complètement perdue à Budapest.

Visitez Erica à :
www.EricaRidley.com/francais

Gardez le contact ! Retrouvez Erica sur :

Lightning Source UK Ltd.
Milton Keynes UK
UKHW041144210222
398998UK00002B/261

9 781088 017258